KB123939

로크미디어가
유혹하는
재미있는 세상

다시 사는 재벌가 망나니 6

2021년 5월 18일 초판 1쇄 인쇄
2021년 5월 24일 초판 1쇄 발행

지은이 맹물사탕
발행인 김정수 강준규

기획 이기헌 왕소현 박경무 강민구
책임편집 김홍식
마케팅지원 배진경 임혜솔 송지유 이영선

발행처 (주)로크미디어
출판등록 2003년 3월 24일
주소 서울시 마포구 성암로 330 DMC첨단산업센터 318호
Tel (02)3273-5135 **편집** (070)7860-2726 **Fax** (02)3273-5134
홈페이지 rokmedia.com **E-mail** rokmedia@empas.com

© 맹물사탕, 2021

값 8,000원

ISBN 979-11-354-9542-7 (6권)
ISBN 979-11-354-9456-7 04810 (세트)

다시 사는 재벌가 망나니

맹물사탕 현대 판타지 장편소설

6

ROK
MEDIA

로크미디어

Contents

1장

"다녀왔습니다."

윤아름과 식사를 마치고 헤어진 후, 나는 간단한 업무를 몇 가지 훑은 뒤 일찍 귀가했다.

개학도 머지않았겠다, 나는 얼마 남지 않은 평온한 여름방학을 마무리할 준비를 해야 했다.

'방학 숙제는 다 끝냈고. 나 참, 이런 것까지 신경 써야 하나.'

그렇게 내겐 귀가 후에도 바쁘지만 평화로운 일상이 기다리고 있을 터.

한데.

"성지나아아아~."

"……켁."

근래 들어 일상화된 비일상의 일방적인 습격.

현관에서부터 나를 반긴 건 낮술에 취한 서명화였다.

"우쭈쭈, 우리 성지니 일하고 와쪄용?"

"아, 예. 이모님. 안녕하세요."

서명화는 사모의 산후조리를 돕는단 구실로 종종 우리 집을 방문하고 있었는데.

최근 들어선 아예 이 집에 눌러앉아 사는 건 아닐까 싶을 지경으로 자주 찾아와 나를 귀찮게 하곤 했다.

"자, 그럼 이모랑 뽀뽀!"

"……."

나는 서명화의 포옹을 간신히 피한 뒤 종종걸음을 쳐서 일단 거실로 달아났다.

'애 취급도 정도껏이지.'

지금 나는 서명화를 피해 숨어 다니던 이성진의 심정을 절실히 공감하는 중이었다.

'그 자식에게 공감 같은 걸 하게 될 줄이야.'

누구 서명화 좀 말려 줄 사람 어디 없나. 하다못해 사모라도 있어 주면 좋겠는데.

"도련님, 오셨어요?"

"……네, 다녀왔습니다."

내 바람과는 달리 사모는 어디 갔는지 보이질 않았고, 거실에는 안동댁이 이희진과 갓난아이 둘을 돌보는 중이었다.

으레 그 나이대 애들이라고 하면 이유도 없이 빽빽 울어 대기 마련이라고 했지만, 쌍둥이는 얌전했다.

오히려 지나치게 얌전해서 사모는 무슨 문제라도 있는 건 아닐까 우려까지 했으나, '아무 문제도 없다'는 의사의 말에 일단 그러려니 하고 있는 상황.

'쌍둥이들은 나조차도 예상할 수 없으니.'

이태석의 셋째, 넷째는 물론이거니와 서명화가 이 집에서 죽치고 있는 것.

이 모두가 전생엔 없던 일이었다.

더군다나.

"오빠아아~!"

이제 걸음마는 물론이고 발음도 제법 명확해진 이희진이 기다렸다는 듯 달려와 내게 와락 안겼다.

"다녀와써요!"

나는 방긋방긋 웃는 이희진을 안아 들었다.

"웅차, 이젠 안아 들기 어렵네."

"꺄르륵! 희진이 무거워!"

"응, 응. 그래."

아무런 구김살 없이 웃는 이희진을 보고 있노라면, 아직 어린애라 속단하긴 어렵지만 그녀의 성격도 좀 바뀐 듯하다.

한성진의 입장에서 마주했던 전생의 이희진은 어딘가 차

갑고 냉랭해 보이는 인상으로, 어쩌다가 마주할 때도 슥, 한 번 쳐다보고 말면 다행일 정도였다.

그건 고용인 객식구이자 이성진의 종노릇하던 나에게만 해당하는 이야기가 아니었다.

전생의 이희진은 이성진에게 이 정도로 친밀하지 않았다.

아니, 친밀하단 단어를 들이밀 틈이 전혀 없었다고 할까.

둘은 서로가 서로를 없는 사람 취급하며 무시한다는 느낌이었다.

이성진은 영리하고 착실한 이희진을 거북살스러워했고, 이희진은 이성진을 경멸했다.

그런 둘의 관계는 어릴 때는 물론이거니와 성인이 된 이후에도 변하지 않았다.

아니, 추후 이태석이 쓰러져 혼수상태에 빠진 뒤부턴 오히려 더 악화되었다.

유일한 혈육이 구제할 길 없는 망나니라고 하면, 그렇게 되는 걸까.

'……그런 이유뿐만은 아니겠지만.'

이희진은 장남이란 이유만으로 회사 지분을 차지하고 있던 이성진을 공식 석상에서 대놓고 '무능력자'라며 비방했을 정도였다.

그녀는 유능할 뿐만 아니라 야망도 컸다.

'그러니 이성진의 암살을 사주한 후보에 이희진이 있어도

이상할 게 없어.'

이성진이 죽으면 그가 가진 지분 일부는 자연스럽게 이희진의 몫이 될 터이고, 이희진은 그 죽음으로 말미암아 가장 큰 수혜를 누릴 대상이었으므로.

'더욱이 그녀는 나와 이성진의 관계가 어떠하다는 걸 어릴 적부터 지켜본 탓에 꿰뚫이 알고 있었으니.'

그런, 과거의 얼음장처럼 냉혹하던 이희진과 지금 내 품에 안겨 볼에 입맞춤하는 이희진을 비교해 보면, 둘은 전혀 다른 사람처럼 느껴질 지경이다.

"치사해, 희진이만 예뻐하고! 성진아, 나두, 뽀뽀!"

"......"

댁은 좀 빠져 줬음 좋겠구만.

나는 지금 장래 생사가 걸린 친분을 쌓는 중이란 말이다.

나는 소파에 앉아 양 볼을 문질러 닦았다.

"그런데 오늘은 어쩐 일이세요?"

"지나가다 들렀지."

서명화는 당당하게 대답했다.

내가 알기로 외가는 이곳과 정반대 방향인데.

"겸사겸사 저녁도 얻어먹고, 우리 예쁜 성진이도 보고."

설마 저녁까지 죽치고 있을 건가.

"에이 뭐 어때, 오늘은 사돈어른도 늦게 오신다며? 형부는 말할 것도 없고. 그러니 우리끼리 즐겁게 지내 보자, 이거지."

"……그러게요. 할아버지도 요즘 자주 자리를 비우시네요."

나는 그렇게 말하며, 내 곁에 앉은 서명화를 힐끗 쳐다보았다.

설마하니, 근래 이휘철의 귀가가 늦은 건 이 집에서 죽치고 있는 서명화를 피해 다니느라 그러는 건 아닐까?

사모도 마이 페이스인 성격이었지만 서명화는 한 술 더 뜨는 성격으로, 그녀는 이휘철이 가진 카리스마 따윈 안중에도 없다는 양 '사돈 어른~' 하고 곰살갑게 말을 붙여 대곤 했다.

이휘철이랑은 은근히, 아니 완전히 상극.

이를 이휘철이 좋아하는 바둑에 비유해 보자면, 이휘철이 공, 내가 수, 서명화는 알까기에 빗댈 수 있을 정도였다.

"아, 그렇지. 성진이 오늘 이모하고 잘까? 응? 손님용 빈방도 있으니까."

나는 서명화를 물끄러미 쳐다보았다.

"이모님은 미국에 언제 가세요?"

"띠용, 세상에, 성진이 너까지 그러기야?"

한 소리 듣긴 했나 보군.

그럼에도 불구하고 아직 여기에 있는 걸 보면 뻔뻔하기가 철면피다.

"아니……. 저도 곧 개학이고 해서요. 이모님도 학교로 돌아가셔야 할 때 아니에요?"

서명화는 원래 뉴욕대학교에 재학 중인 유학생 신분이었다.

"돈 워리, 돈 워리. 어차피 졸업만 하면 되는 거잖아?"

이거 참.

전생의 서명화가 여간해선 한국에 들어오는 일 없이 미국에 아주 눌러앉았던 걸 생각해 보면 이 또한 극적인 변화였다.

'이런 건 바란 적 없는데.'

대체 어디서부터 꼬인 건지.

나는 고개를 저었다.

"아주머니. 어머니는요?"

안동댁은 아동용 침대에 누운 쌍둥이들에게 강보를 덮어 주며 대답했다.

"사모님은 한군네랑 음악실에 계세요."

"그렇군요."

사모는 임신 말기에 잠시 손 놓고 있던 음악 수업을 계속하려는 모양이었다.

서명화가 내 팔짱을 끼며 입을 삐죽였다.

"정말 언니도 너무하지 뭐야. 애들 수업 방해된다고 음악실에서 쫓아냈어."

이왕이면 아주 이 집, 아니 이 나라에서 쫓아내 주면 좋았으련만.

"그러고 보니까 성아라고 했니? 이 집 더부살이하는 여자 애. 잠깐 들었지만 걔 바이올린 제법 잘하던데."

"그래요?"

"응, 언니는 아직 멀었다고 하지만……. 내가 보기엔 옛날 그 시절의 언니보다 더 괜찮은걸."

한성아는 내가 눈여겨본 대로, 이럭저럭 바이올린에 재능이 있는 모양이었다.

전생과 달리 한성아는 이런저런 잡다한 일에 손대며 그 재능을 꽃피워 가는 중이었는데, 이 또한 내가 기억하는 것과 다른 전개였다.

'크게 와닿는 건 아니지만.'

서명화가 빙긋 웃으며 말을 이었다.

"그래도 가르치는 재미는 있나 봐. 뭐, 언니는 저래 봬도 음악에 있어선 진지하니까."

그러면서 나를 끌어안은 서명화의 팔에 살짝 힘이 들어갔다.

"……하긴. 언니 실력이면 그냥 아줌마로 남아 있기엔 아깝지. 응."

직설적이면서도 묘하게 가시가 느껴지는 발언이었다.

내가 그걸 의식하려는 사이, 서명화가 밝은 어조로 말을 이었다.

"성진이는 바이올린 안 해?"

"예에, 뭐. 바빠서."

"에이, 그런 것치곤…… 성아며 한군 말로는 성진이 네가 훨씬 잘한다며?"

"……아무래도 제가 배운 기간이 훨씬 기니까요."

겸양의 말을 하긴 했으나, 내가 가진 바이올린 재능이라는 건 나로서도 위화감이 짙었다.

작년의 콩쿠르 이후, 나는 종종 백하윤 앞에서 바이올린을 연주할 기회가 있었는데.

"역시 좋군요. 아주 훌륭해요."

백하윤은 극찬에 이어 조심스러운 감상을 겸했다.

"이런 말은 안 하려고 했는데, 솔직히 말하면 프로 수준이에요."

바이올린에 엄격하기로는 백하윤도 사모 못지않았다.

아니, 오히려 전문가적인 면모론 사모보다 훨씬 냉정할 정도였다.

그녀 앞에서 '칭찬은 고래도 춤추게 한다'는 말은 존재하지 않은 이야기나 마찬가지였고, 오히려 재능 있는 자를 숱하게 보아 온 백하윤은 늘 연주가의 자만심을 경계했다.

백하윤이 말을 이었다.

"제가 프로 수준이라고 한 건, 성진 군이 타고난 기교적 재능만을 놓고 한 이야기가 아니에요."

맞다. 그저 재능뿐이라면, 백하윤도 나를 그토록 탐낼 까닭이 없다.

백하윤이 이렇게까지 말한 거라면 그 이면에 다른 의미가 있단 뜻이었다.

"뭐랄까, 성진 군에겐 독특한 습관이 있거든요."

"습관이면, 나쁜 건가요?"

"전혀. 그렇지 않아요. 오히려 그건 아마추어와 프로의 경계를 가르는 벽이라고 할 수 있는 경지에서 나오는 거니까."

백하윤은 잠시 생각에 잠겼다가 내게 물었다.

"성진 군은 프로와 아마추어를 나누는 경계가 무엇이라고 생각하나요?"

"……잘 모르겠습니다."

전생부터 음악에 별다른 조예가 없던 건 사실이고.

내 솔직한 대답에 백하윤은 쓴웃음을 지었다.

"고민도 성찰도 없이 그런 경지라, 이거 참. 질투가 날 지경인걸요."

"……."

"여러 분류법이 있습니다만 제 경우엔 연주자만의 색깔을 본다고 말할 수 있겠군요."

"색깔요?"

"그래요. 색깔. 좀 진부한 비유긴 하지만. 곡을 해석하고 표현하는 방식은 연주자마다 달라요. 뭐, 여기까진 누구나 아는 이야기지요."

백하윤이 보면대를 톡톡 건드렸다.

"한편 프로가 되면 악보를 잘 읽는 건 물론이고, 여기에 자신만의 해석을 곁들이는 것이 필요해집니다. 아마추어는 악보를 따라가기 바쁜 반면, 프로는 그걸 자신의 것으로 소화해 내죠. 그건 기교며 테크닉, 리듬 감각과 구분해서 평가하는 것이고……."

백하윤이 고개를 돌려 나를 보았다.

"한편 성진 군은 이미 그러한 자기만의 색깔이 무엇인지 알고 이를 적용하는 느낌이 있거든요. 그런 의미에서 저는 성진 군의 바이올린이 이미 프로 수준이라고 한 거예요."

즉 그녀의 판단 기준에 의하면 내가 가진 실력은 실상 프로급이나 다름없단 의미였다.

"그리고 그건 제법 오랫동안 바이올린을 만져 온 사람에게 나오기 시작하는 건데, 성진 군에겐 벌써부터 그런 프로의 경지가 보이거든요."

그렇기 때문에, 그건 무척 이상한 이야기였다.

"그래서 저는 성진 군이 바이올린 켜는 모습을 보면, 오랜 시간을 들여 꾸준히 연습한 거 같단 생각이 종종 들어요."

그럴 리가.

나는 낯선 클래식 곡이라 할지라도 악보를 본 그 자리에서 연주하는 것이 가능했다.

그리고 내 연주의 대부분은 연습 없이 그런 낯선 악보를 보자마자 즉흥적으로 흘러나오는 것이었다.

이때의 감각을 무어라 표현하면 좋을까.

접신?

바이올린을 켜는 동안의 나는 내가 아니었다. 아니, 오히려 최근 들어선 내가 알지 못하는 무언가에 조종당한다는 꺼림칙한 기분마저 느끼게 됐다.

'처음엔 마냥 신기할 뿐이었지만.'

그런 무아 속에서 나는 마치 이성진의 몸을 훔쳐 그 인생을 살아가고 있는 내 입장을 누군가 제3자를 통해 다시금 인식시키는 듯한 불쾌감을 느꼈다.

그건 이성진의 몸에 깃들어 있었던 것도 아니고, 한성진으로서 나도 모르게 타고났을 재능인 것도 아니다.

실상, 내가 과거의 이성진에 깃들어 살아가고 있는 것부터가 일반 상식을 벗어난 경지의 미스터리지만.

……그러니 이는 천재적인 재능 운운하며 넘어가기엔 미심쩍은 이야기였다.

'언젠가는 내가 겪고 있는 이 기현상과 똑바로 마주해야 할 날이 올지도 모르지.'

서명화가 말을 이었다.

"그런가? 으음, 그러게. 성진이는 아주 어릴 적부터 바이올린을 만졌으니까."

"……."

"으음, 바이올린을 싫어하는 건 아니지?"

질문의 표면만 놓고 보면 그저 바이올린에 관한 호오만을 물은 뉘앙스였으나, 서명화의 이번 물음에 나는 기묘한 암시를 읽을 수 있었다.

그건 이를테면, '삼광 그룹의 후계자란 입장 때문에 재능 있던 바이올린을 포기한 건 아닌지' 그런 의미가 질문의 뼈대를 이루는 핵심처럼 들리는 물음이었다.

"그건 아니에요. 바이올린은 취미 선상에만 두고……."

사실은 내가 가진 바이올린의 재능을 꺼림칙해하며 거리를 두고 있는 것에 가까웠지만, 타인이 이런 내 속사정까지 알 필요는 없다.

"……저로선 사업하는 것도 못지않게 즐거우니까요."

"그래? 그렇다면 다행이고."

서명화는 대수롭지 않은 것처럼 내 말을 가볍게 받았다.

"그래도 성진이 실력이 어느 정도일지 궁금하긴 한데……."

서명화는 나를 힐끗 쳐다보았다가 어깨를 으쓱였다.

"이제 막 퇴근하신 우리 사장님 피곤할 테니까, 다음 기회에 듣지 뭐."

그 정도 눈치는 있군.

아니, 정말로 눈치가 있다면 집에 돌아가라.

해서, 나는 은근한 가시를 섞어 물었다.

"그런데 이모님, 요즘 저희 집에 자주 오시네요?"

"응."

눈치가 없는 건지, 없는 척하는 건지 서명화는 태연하게 대꾸했다.

"그야, 우리 집에 있어 봐야 엄마랑 아빠가 선보러 가라는 말밖에 더 해?"

"……벌써요?"

"내 말이. 한국은 은근히 결혼 연령이 낮다니까. 이젠 OECD 가입을 하니 마니 하는 마당에 아직도……. 아, 성진이한텐 어려운 이야긴가? 아닌가?"

하긴, 이 시기엔 보통 20대 중반이면 결혼을 했고, 서른만 넘어도 노처녀 소릴 듣는 시대였다.

서명화는 웃으면서 소파에 등을 기대더니.

"아무리 성적이 좋고 교수님이며 동기들의 주목을 받으면 뭐 해. 결국 시집가면 다 없던 이야기가 되는걸. 언니만 하더라도……."

그 얼굴에 걸린 미소가 쓴웃음으로 변해 가기 직전, 서명화는 함박미소를 지으며 나를 뒤에서 와락 끌어안았다.

"뭐어, 우리 성진이 같은 남자가 눈앞에 떡하고 나타나 주면 또 몰라?"

"눈이 높군요."

"어쭈? 요 녀석, 자기가 매력적인 걸 자각하고 있네."

그러면서 서명화가 내 머리를 마구 헝클어트렸다.

"요 녀석, 요 귀여운 녀석."

"하지 마세요."

"싫은뎅? 계속 할 건뎅?"

……얼버무리긴.

나를 뒤에서 끌어안은 건, 그녀가 아차 싶어 표정을 보이지 않으려 그러는 것이다.

그즈음에서 나는 전생의 서명화가 미국에서 귀국하지 않았던 까닭, 또 이번 생의 서명화가 미국으로 돌아가지 않는 까닭을 얼추 알 것 같았다.

서명화가 보기엔 사모가 자신의 창창하던 커리어를 포기한 것이 삼광 그룹에 시집을 온 것 때문이라 생각하는 듯했다.

동시에 서명화 자신 또한, 현재의 사모를 보며 은연중 스스로의 미래를 단정하고 있을 것이다.

하지만 그건 아니다.

내가 보기에, 사모는 그녀 스스로가 바이올리니스트로서 자신을 저버린 것에 가까웠다.

그간 백하윤의 말에서 드러난 암시에 의하면, 사모는 분명 바이올리니스트로서 대성할 재능을 타고난 사람이었다.

하지만 프로의 영역에 발을 들이민 순간부터, 사모에겐 자신의 장단점과 한계가 보이기 시작했을 것이고.

그 순간 그녀는 갑자기 눈에 훅 하고 들어온 천재들이 보였을 것이다.

바이올리니스트 서명선은 그 영역 언저리에서 발걸음을 멈칫했다.

그런 상황에 이태석과의 결혼은 그녀가 바이올린으로부터 도망칠 수 있도록 해 주는 그럴듯한 구실이었으리라.

'그러면서 바이올린의 미련은 남아 있는 게 아이러니지만. 아니, 그렇기에 미련이 남아 있는 걸까.'

그러나 서명화를 비롯한 타인의 시선에는 앞길이 창창하던 바이올리니스트 서명선이 삼광 그룹의 후계자인 이태석과의 혼인으로 인해 그 꿈을 포기했을 것으로 비쳤으리라.

'……그러는 나조차도 이성진의 몸에 깃들어 이들과 깊이 교류하지 않았더라면, 기껏해야 그런 정도로만 여겼겠지.'

만일 사모가 진심으로 바이올리니스트로서 자신을 완성하고자 했다면, 이태석은 이휘철이며 일가친척들이 무슨 말을 하건 간에 아랑곳하지 않으며 그 앞길을 지원해 주었을 것이라고.

지금은 확신할 수 있었다.

'이태석은 안 그런 거 같으면서 정에 휘둘리는 타입이니까.'

그러다 보니 결국엔 그도 이성진 같은 망나니를 방치해 버렸고, 이는 결과적으론 이태석이 감내해야 했던 그의 약점이기도 했다.

전생과 다른 결과론에 비롯한 연역을 이어 가 보자면. 서명화가 귀국을 차일피일 미루는 것도 이제 이해는 갔다.

'사모의 출산을 계기로 한국에 돌아왔다가 이런저런 속사정을 좀 더 명확히 보게 된 거겠지.'

동시에 그 눈은 자신을 향했고.

서명화가 레스토랑 시저스에 뻔질나게 드나드는 것도 이와 무관하지 않았다.

'……제니퍼를 부러워하는 거였군.'

얄궂은 이야기였다.

제니퍼는 한때 집안의 성취만으로 또래 그룹의 수장 격이던 서명화를 부러워했고, 서명화는 이제 스스로 자신의 일을 성취해 낸 제니퍼를 부러워하고 있었다.

'아직 젊군. 젊으니 가능한 고민이야.'

어차피 내 눈에는 금수저의 배부른 고민 정도로 보일 뿐이었지만, 개인에겐 심각한 이야기겠지.

이렇게 된 이상, 해결 방안은 명료했다.

나는 서명화의 품에 안긴 채, 고개를 들어 그녀를 올려다보았다.

"이모는 전공이 뭐예요?"

"응?"

"대학교 전공요."

서명화는 픽 하고 웃음을 터뜨렸다.

"뭐야, 갑자기. 사장님이 되더니 그런 관심이 생겼어?"

그러면서도, 조카의 물음에는 곧잘 대답해 주었다.

"디자인."

그랬군. 디자인이라. 왠지 어울려서, 납득이…….

"……."

아니, 잠깐만. 뉴욕대 디자인과라면 세계적으로 알아주는 엄청난 커리어 아닌가?

그러니 서명화가 커리어 끊길 걱정하는 것도 조금 이해가 됐다.

"왜?"

"아뇨. 그러면 디자이너네요?"

"후후, 아직 졸업도 안 했지만, 그렇다고 치지 뭐."

"이모, 그림 잘 그리겠네요."

"얘는. 디자이너가 무슨 그림만 그리는 사람인 줄 아니? 하긴, 다들 그렇게 생각하지만은."

서명화는 나를 끌어안은 채 둥실둥실 몸을 흔들었다.

"디자인은 그 계통 안에서도 세부적으로 나뉘어. 너처럼 일반적으로 생각하는 그런 그림 위주의 디자인도 있고……. 아예 다른 결론 요즘 좀 각광받기 시작하는 UX디자인이란 개념도 있지. 이건 뭐랄까 좀, 인지심리학에 가깝지만."

"⋯⋯."

"아, 미안. 성진이한텐 좀 어렵지?"

흠. 역시나.

'미국은 벌써부터 UX디자인에 주목하고 있군.'

UX디자인은 추후 모바일 업계가 스마트폰 위주로 변하며 그 수요가 급증한 학문이었다.

'나중엔 삼광전자에서도 별도로 UX디자인 전용 부서를 운영할 정도였지.'

하지만 그 개념 자체는 이 시대에 미국에서조차 아직 생소한 것일 터여서, 나는 모른 척하고 물었다.

"UX? 특이한 이름이네요. 무슨 약자예요?"

"어머, 흥미 있니? 아니면 그런 척하는 걸까."

"그럴 리가요. 아무래도 사업하는 입장에선 뭐든 얕으나마 넓게 알아 두는 편이 좋거든요."

내 대답에 서명화가 웃음을 터뜨렸다.

"정말, 얘는 하는 것마다 왜 이렇게 예쁘지? 하늘에서 내려온 거야? 날개 어딨어, 날개."

별것 아닌 일에도 반색하는 걸 보니, 관심이 고팠던 모양이다.

하기야, 서명화를 보는 시선 대부분은 오롯이 그녀 자체의 본질이 아닌, 대부분 그녀가 가진 배경에 기인하고 있었을 테니까.

'미국에선 그런 걸 겪지 않았을 테고.'

서명화가 내 정수리를 턱으로 가볍게 붙였다.

"User Experience."

유학파답게 발음이 유창했다.

"음, 그걸 굳이 번역하자면 사용자 경험쯤 되려나? 디자이너를 화가처럼 생각하는 우리 성진이를 위해 알기 쉽도록 설명해 주자면……."

서명화는 말꼬리를 흐리며 잠시 말을 고르더니.

"그건 이를테면 설계자에 가깝지."

"설계요?"

"응. 뭐 다들 디자이너라고 하면 원청의 주문을 받아서 이런저런 도안이나 그려 내고 마는 업무라 여기잖아?"

말 그대로. 이 시대에 제품 디자인이란 부차적인 이야기였다. 경영진이 제품의 완성도를 판단하는 척도는 무엇보다 상품에 들어간 기술이 우선이었고, 그다음이 가격. 디자인은 후보에서 한참 뒤에 평가되는 항목이었다.

그들은 무릇 고객이란 기술적 완성도가 높고, 가격이 저렴한 제품을 바랄 뿐이라고 굳게 믿었다.

그나마 삼광전자가 '제품 디자인'의 중요성을 자각하고 본격적인 신경을 쓰기 시작하지만, 그건 이 시대로부터 좀 더 나중, IMF 이후의 이야기다.

그마저도 최우선 순위는 아닌, 어디까지나 '조금 신경은 써 보겠다'는 수준에 그치고 말았지만.

'……하지만 역사가 바뀐 탓인지, 이태석은 지금 시점에서 이미 관련 사안을 고민하고 있었지.'

서명화가 말을 이었다.

"반면 UX에서 추구하는 바는 당초 기획 단계부터 디자인을 병행해야 한단 견지야. 제품 디자인이 실제 사용성에도 영향을 끼쳐야 함은 물론이고, 그게 제품 자체의 컨셉을 결정하는 요소여야 한단 거거든."

"……."

그리고 어쩌면 그 변화의 바람이 이번 대화를 계기로 좀 더 일찍 불어닥치게 될지도 모른다.

서명화는 내 침묵에 그녀 스스로도 말이 장황했다는 걸 자각했는지 웃음으로 얼버무렸다.

"뭐, 나는 제품 디자인 쪽이지만 그 학문이 추구하는 본질 자체가 시사하는 바는 깊다 싶어. 응용하면 요즘 떠오르는 웹 사이트 UI 적용도 가능하고……."

서명화는 전공뿐만 아니라 UX디자인에도 흥미가 있었던 모양이다.

'전공을 제법 진지하게 생각하고 있었군.'

UX 꿈나무 제품 디자이너라.

'……가까운 곳에 있던 원석을 놓칠 뻔했어.'

다만.

전생에는 말 그대로 '이성진의 이모' 그 이상도 이하도 아닌 입장이었으니, 그 실력은 검증이 되지 않았다.

'그러니, 그녀가 가진 학문적 성취와 별개로 재능 여부에 관해선 좀 더 알아봐야겠지만……. 슬슬 디자인에도 신경 써야 할 때란 발상 자체는 나쁘지 않아.'

서명화는 내 포옹을 풀더니 멋쩍게 웃었다.

"그럼 이만하면 얕게 안 셈인가? 그치?"

제니퍼와 달리, 서명화는 자신의 전공과 관련한 전문적인 이야기를 늘어놓는 데 주저함이 있었다.

'아마, 친구들 사이에서 이런 이야기를 스스럼없이 꺼냈다가 분위기가 어색해지곤 했겠지.'

나는 그새 내 품안에서 색색 잠든 이희진이 깨지 않도록 조심하며 그녀를 소파에 누였다.

"이모, 혹시 취업할 생각은 없어요?"

말만 들으면 집에서 빈둥대는 백수 이모에게 할 법한 뉘앙스였지만.

"……응?"

내 제안에 서명화는 어리둥절한 얼굴을 하더니 픽 웃었다.

"얘는. 내가 취업한다고 하면 집에서 퍽이나 좋아하겠다."

"그래요?"

"우리 아빠, 그러니까 네 외할아버지 성격 알잖아. 으음,

아니지. 성진이한테 할 이야긴 아닌가. 아무튼, 절대 안 된 대. 남 밑에서 일할 바엔 시집이나 가란 거지 뭐."

서명화도 관련한 타진을 해 보았다가 왕창 깨진 모양이었다.

'하긴, 서범수 회장 성격이야 오죽하지.'

그는 천상천하유아독존이었다.

천상천하유아독존이기는 이휘철도 마찬가지였으나, 몰락한 집안을 다시 세워 자수성가한 이휘철과 달리 그는 태생부터 부족함 없이 자랐다.

단 한 번도 남 아래에 있어 본 적이 없었고, 실패를 겪어본 적도 없었을 것이다.

그러면서 자식 사랑은 지극했는데, 특히 두 딸—사모와 서명화—에 관한 애정은 각별했다.

문제는 그 애정이 과하다 못해 거기엔 과보호가 깃든 일방적인 가치관 강요까지 뒤따랐단 점이었다.

어쨌건 서범수 회장은 자신의 분신이나 다름없는 자식들이 남 아래 들어가 일을 한단 발상 자체를 견뎌 할 수 없었고, 하물며 상대가 사돈인 삼광전자라 하더라도 이는 용납할수 없는 이야기였다.

그렇다면야, 다른 방법이 있지.

나는 서명화를 향해 빙긋 웃어 보였다.

"그럼, 이모 소유의 회사를 하나 차려 보시는 건 어때요?"

서명화는 내 말에 고개를 갸웃했다.

"회사를 차린다고?"

"네. 디자인 외주를 전문으로 하는 회사죠."

그것도, 출자자가 누군가에 따라선 사실상 휘하 사업부나 다름없는 자회사를.

"회사를 차린다⋯⋯?"

서명화는 내 제안에 귀가 솔깃한 모양인지, 일순 얼굴에 미소가 피어올랐다.

"⋯⋯그것도 디자인 외주 회사라."

하지만 그것도 잠시, 서명화는 고개를 저으며 손사래를 쳤다.

"에이, 아니야. 내가 무슨. 이 나이에 사장님 소릴 들어도 될 만큼 대단치도 않고."

말은 그렇게 했지만, 눈동자가 흔들리고 있었다.

'솔깃한 모양인데.'

서명화가 말을 이었다.

"게다가 그, 사업이라는 거 하려면 돈도 많이 들고 절차도 복잡하다던데? 직원들 월급도 줘야 하고, 어, 사무실 임대료에 이것저것⋯⋯."

말이 빠르다.

아마, 머릿속으론 이미 관련한 손익계산을 검토 중이겠지.

나는 서명화의 머릿속 저울추가 부정적인 방향으로 기울

기 전에 끼어들었다.

"그 정도는 제가 도와드릴 수 있죠."

"응?"

"창업 자체는 어렵지 않아요. 저도 작년부터 하고 있던 일인데요."

내 말에 서명화는 그런가, 하고 쓴웃음을 지었다.

"으응, 뭐, 그렇긴 하네. 국민학생도 할 수 있는 일이지."

음.

내 경우는 너무 특수한 사례인 걸까, 서명화의 저울추가 다시 기울기 전에 얼른 덧붙였다.

"또 제니퍼 누나도 이미 한 업체의 사장인걸요."

"으음."

저울은 다시, 수평.

서명화가 픽 웃었다.

"맞아. 금례 개도 하는데, 나라고 못 할 게 뭐 있담."

그러는 제니퍼도 사실상 내가 레스토랑의 지분 60%를 확보한 상태인 데다 나라는 건물주를 끼고 있어서 고용 사장이나 다름없는 입장이었지만.

긁어 부스럼 만들 필요 있나.

굳이 말할 필요가 없는 건 하지 않아도 되는 법이다.

서명화가 말을 이었다.

"하지만 앞서 말한 자본금이나 사무실, 직원 고용이며 유지비용 같은 것들이 조금…….”

　말 그대로 제니퍼가 가진 것 태반이 빚이지만.

　아무리 은행 금리가 낮고 대출이 용이한 이 황금시대라 할지라도 벌써부터 그런 이야기를 꺼내는 건 진입 장벽을 높이는 것밖에 되지 않는다.

　그러니 나는 신데렐라에게 하룻밤 동안 허튼 꿈을 심어 주었던 마법사가 되기로 했다.

　“걱정하실 것 없어요. 그러는 저도 삼광전자의 자회사를 경영하는 입장인걸요. 부하 직원도 삼광전자의 사업부를 인수받은 거구요.”

　“그런 거야?”

　“네. 그 과정에 주위 어른들이 많이들 도와주셨어요.”

　서명화는 고개를 주억거렸다.

　“하긴, 성진이 네가 회사 차릴 땐 형부가 많이 도와줬다고 언니도 그러더라마는.”

　“네, 그러니까…….”

　나는 앉은 자리에서 사탕발림을 이어 갔다.

　천천히 생각해 봐도 된다, 다만 사업에는 시간과 타이밍이 중요하다, 사무실은 내 빌딩에 자리를 마련하면 그만이다, 거기에 드는 기초 자본금은 계약을 통해 투자를 받는 것도 가능하다…….

　“계약? 투자?”

"네. 우선은 상품을 먼저 기획한 뒤, 이를 담보로 투자를 유치하는 거예요. 이모님의 경우는 디자인 시안을 먼저 만든 뒤, 협상하는 것도 가능하겠죠."

"얘는. 디자인이 무슨 도깨비 방망이로 뚝딱하듯 나오는 줄 아니?"

제니퍼가 픽 웃었다.

"성진이 네 말마따나 디자인 외주 회사를 경영한다고 치자. 우선은 내 디자인 시안으로 투자를 끌어낸다고 했지?"

"예."

"그러자면 어느 기업의 어떤 제품을 무슨 목적으로 왜 그렇게 해야 할지를 먼저 생각해야지. 아무 그림이나 그려서 내는 건 1학년 학부생도 할 수 있어."

정론이다.

하지만 말하는 내용은 제법 구체적인 틀을 잡아 가고 있어서, 나는 서명화의 저울추가 긍정적인 방향으로 기울고 있음을 눈치챘다.

더욱이 이야기가 나온 사이 벌써부터 이를 체계화해 냈다는 건 서명화의 머리 회전이 제법 빠릿하단 의미이기도 했다.

'낮술에 취한 상태인 걸 감안하면 더더욱.'

이는 그녀가 자신의 전공을 제법 진지하게 마주하고 있었단 의미이기도 했으므로.

'싹수가 있어.'

나 또한 어디 한번 이 원석을 가공해 보기로 했다.

"생각해 둔 건 있어요."

"……어떤?"

"우선, 삼광전자랑 일해 보는 건 어때요?"

내 말에 서명화는 눈을 깜빡였다.

"응? 그러니까, 형부네 회사 말이야?"

"네. 안 그래도 요즘 아버지께서도 제품 디자인 관련해서 고민하시는 거 같고요."

"으음."

시작부터 삼광전자란 대기업 거물을 언급한 건 악수(惡手)는 아니었을까, 생각할 수 있겠지만.

이 또한 다음 포석을 위한 발판일 뿐이다.

'협상의 기초지. 본론은 두 번째부터 시작되는 법이니까.'

내가 그 다음 말을 이으려 준비 중일 때, 서명화가 빙긋 웃었다.

"그렇구나. 형부랑……."

의외로 벌써부터 반응이 나쁘지 않다.

서명화에겐 도전정신이 있었던 건지, 아니면 이 또한 가족 경영의 연장선에 놓인 것에 불과하단 생각이 그녀의 위안이 된 건지는 알 수 없으나.

"좋아, 대상 기업은 정해졌다 치고. 그러면 형부랑 같이 일하게 되는 거야?"

한 단계를 넘어섰다.

"가능하죠. 제가 징검다리가 되어 줄 수 있어요. 저도 삼광전자의 자회사라고 말씀드렸잖아요? 품목 몇몇은 저도 참여할 권리가 있어요."

다만, 이태석과 직통으로 연결해 주는 건 여러모로 곤란하다.

'추후 내가 삼광전자의 경영에 본격적으로 참여하려면 SJ 컴퍼니의 수준을 어느 정도까진 올려 둘 필요가 있어.'

더군다나 이태석이 서명화의 디자인을 마음에 들어 할지 어떨지도 정해지지 않은 상황.

아니, 나부터가 이미 아직 서명화의 실력 검증이 되지 않은 상황이다.

'그렇다고 포트폴리오를 요구하면 자연스레 집에 다녀와야 할 테고, 그사이 사업에 관한 열정이 식어 버릴 수도 있으니……'

쇠뿔도 단김에 뽑으라 했겠다. 나는 생각난 김에 우선 서명화에게 간단한 일을 시켜 보기로 했다.

"이모님은 디자인에 앞서 '어느 기업의 어떤 제품을 무슨 목적으로 왜 그렇게 해야 할지를 먼저 생각해야 한다'고 말씀하셨죠? 기업은 정해졌군요."

"으응, 뭐. 바이어의 의향까지 완벽하게 파악한 건 아니지만."

능청스럽긴, 어차피 가족이면서.

"어떤 제품, 무슨 목적, 왜 그렇게 해야 하는가에 대해선 제가 도움을 드릴 수 있을 거 같아요."

"그래?"

"네. 우선은……."

나는 씩 웃었다.

"핸드폰 디자인부터 해 볼까요?"

"……핸드폰?"

서명화는 깨끗한 종이와 색연필, 집중할 수 있는 조용한 환경을 요구했다.

나는 이를 어렵지 않게 제공한 뒤, 서명화를 방에 밀어 넣고 거실로 돌아왔다.

계단을 내려오니 때마침 사모가 바이올린 강습을 마쳤는지 거실에서 나를 반겨 주었다.

"우리 왕자님, 왔니? 오늘은 일찍 들어왔네."

"네, 다녀왔습니다."

거실엔 한성진과 한성아도 있었는데, 한성진은 피곤에 찌든 얼굴로 첼로 케이스를 끌어안은 채 멍하니 앉아 있다가 내게 눈인사를 했다.

"왔어?"

"응, 뭐."

반면, 한성아는 에너지가 넘쳤다.

어린애들의 체력이란 방전되는 법 없는 무한 동력이지.

"이성진 오빠, 나 오늘 새로운 곡 배웠다?"

"그래그래."

한성아도 바이올린을 배운 지 어언 1년이 넘어가는 시점.

나로선 한성아가 어느 정도 실력에 이르렀는지 객관적 지표가 없어 감을 잡기 어려웠으나, 사모가 소일거리 수준을 넘어 가르치는 데 열정을 쏟고 있었으므로 제법 자질은 있는 듯했다.

'성아가 좋다면 좋은 거지만.'

전생과 달리, 이번 생에선 모쪼록 하고 싶은 걸 다 누리며 살았으면 좋겠단 바람이다.

사모는 곤히 잠든 아기들의 머리를 쓰다듬은 뒤 이어서 보란 듯 주위를 두리번거렸다.

"그런데 명화가 안 보이네. 얘가 집에 갔나……?"

"아뇨, 방에 들어갔어요."

"그랬구나. 걔도 참. 낮부터 술이나 마시고."

사모는 그런 동생이 걱정이라는 양 고개를 저었다.

"조만간 엄마한테 말해서 미국에 보내 버려야지. 얘가 정말, 하루 이틀 일도 아니고 매일 이러면 큰일이야. ……설마

복학 신청도 안 한 건 아니겠지?"

오전 때만 하더라도 격하게 동의했겠지만, 지금은 잠시 참아 줬으면 한다.

사모의 말에 한성아가 도리질을 쳤다.

"사모님, 안 돼요. 저는 이모님 좋아해요."

"얘가 정말."

사모가 웃었다.

"성아도 좀 있으면 개학이잖아? 그런 것처럼 이모도 이제 학교로 돌아가야지."

"이모도 학교 다녀요?"

"응, 미국에선 대학생이란다."

그사이, 한성아와 사모는 어느덧 모녀지간이라고 해도 손색이 없을 만큼 친밀했다.

"그래도 저녁은 먹여서 보내야지. 성아도 도와줄래?"

"네, 사모님! 손 씻고 있을게요!"

그 와중 설핏 잠에서 깬 이희진이 눈을 부비며 한성아의 옷깃을 잡았다.

"언니, 나두."

"희진이는 안 돼. 주방은 위험하거든. 좀 더 크고 나면."

"히잉."

애가 애더러 무슨.

이희진은 소파에 앉아 있는 한성진에게 바짝 붙었다.

"그러면 언니랑 안 놀아. 한군이랑 놀 거야. 한군아, 술래잡기하자."

"……살려 줘."

한성진은 이희진에게 옷깃을 붙잡힌 채 끌려가 버렸고, 사모는 그런 모습을 보며 흐뭇한 미소를 지었다.

"영락없이 남매네."

남매가 아니라 일방적으로 종노릇 하는 거 같은데.

"그런데 성진이는 뭐 먹고 싶은 거 없니?"

"아뇨, 저는 괜찮아요. 그보단."

나는 주방으로 떠나려는 사모에게 말을 붙였다.

"어머니, 이모님 출국 건은 잠시만 미뤄 주셨으면 합니다."

내 말에 사모가 눈을 동그랗게 떴다.

"어머, 성진이도 이모가 그렇게나 좋아?"

그건 절대 아니고.

"후우, 이게 젊음인가 보구나. 서운해라."

"아뇨, 그게 아니라 저, 이모님이랑 사업 구상 중이거든요."

"……사업?"

사모는 곰곰이 생각하다가 고개를 돌렸다.

"에이, 걔가 무슨. 아직 철도 안 든 애야."

그러는 한창 연하의 아드님도 이미 사업 중입니다만.

"아, 혹시 금례 개 영향일까? 하긴, 요즘 들어 금례가 어쩌고 금례가 저렇고 종알거리긴 했지만……. 라면도 안 끓여 봤을 애가 무슨 사업이래."

사모는 서명화의 이번 일탈(?)을 친구의 영향인 양 생각했다.

그걸 조금 이용하긴 했지만, 정정할 건 정정해야지.

"레스토랑이 아니라, 다른 사업이에요."

"다른 사업?"

"네, 디자인 관련 사업을 해 볼까 해서요."

"으음, 디자인. 그야, 명화 개가 그림은 좀 잘 그리지만……."

사모는 잠시 생각에 잠겼다가 고개를 들었다.

"성진이가 보기엔 어떠니? 괜찮을 거 같아?"

사업과 관련해 아무것도 모르는 사모였지만, 나에게만큼은 가없는 신뢰를 보내고 있었다.

"아직은 모르겠어요. 이모님은 지금 방에서 작업 중이니까, 그 결과를 보고 결정해야죠."

"어머, 자러 간 줄 알았더니. 이랬다저랬다 참 특이한 애야."

사모는 미소를 머금었다.

말은 그렇게 해도, 사모는 인생에 모라토리움을 선언하다시피 한 동생이 무언가 하려 한단 사실이 기뻐 보였다.

"그럼 방해하면 안 되겠네. 명화 묶은 따로 챙겨 둬야겠다. 네 이모, 뭔가에 집중하기 시작하면 다른 건 눈에 안 들어오거든."

"네."

마치 수험생 뒷바라지해 주는 학부모 같군.

은근 팔불출 기질이 있다니까.

"으음, 그나저나 아빠한테는 뭐라고 한담."

"외할아버지껜 사실대로 말씀드리면 되지 않을까요? 그야 이모님 전공에 맞춘 사업인걸요."

"으으으음."

사모는 팔짱을 낀 채 한참을 생각하다가 고개를 저었다.

"일단 결과가 나와야 아는 거랬지?"

"네."

"알았어. 그럼 그때 가서 이야기하자."

사모는 싱긋 웃은 뒤 콧노래를 흥얼거리며 주방으로 향했다.

문득, 나도 모르게 그런 생각이 들었다.

'……어쩌면, 굳이 법인 설립까지 갈 것도 없이 외가엔 사모의 한마디면 됐던 건 아닐까.'

일설에는 한편, 상견례장에서 사모가 서범수 회장과 대판 싸워서 판을 엎어 버렸다는 이야기도 있었는데…….

설마, 풍문이겠지.

서명화가 방에서 나온 건 밤이 깊어서였다.

나는 2층 복도에 서서 서명화가 그린 디자인 도안을 가만히 살폈다.

"어때……?"

"……잠시만요."

솔직히, 나는 색연필로 색을 덧입힌 서명화의 그림에서 눈을 떼기가 힘들었다.

'흐음……. 괜찮은데?'

서명화가 자신만만해하던 까닭을 조금은 알 것 같다.

'디자이너로서 실력은 훌륭해.'

디자인 관련해선 문외한이었던 내 눈엔 더할 나위 없는 완성도였으나.

'다만.'

다른 사람은 어떨까.

'특히, 이태석에게는.'

서명화가 내게 가져온 디자이너 도안은 이대로 상품화하는 것도 가능할 수준이긴 했으나, 내가 기대했던 레벨은 아니었다.

'뭐, 시간도 빠듯했고 여건도 제대로 갖추지 않은 상황이었으니.'

그래도 이 정도라면 그럭저럭 무난하게 합격 통보를 내려도 되겠다.

나는 종이를 파일에 끼운 뒤 서명화를 보았다.

"이모님."

"응?"

"이대로 아버지께 가져다 드려도 될까요? 지금 시간이라면 서재에 계실 텐데."

"형부? 아, 그게."

서명화는 허둥지둥 당황하더니 어색한 미소를 머금었다.

"그게, 늦은 시간이라서, 좀."

"으음. 그래도 이왕이면 동행해서 설명을 해 주셨으면 좋겠는데요."

"게다가, 봐 봐. 나 지금 엉망이야."

그러면서 서명화는 쓰고 있던 안경을 보란 듯이 고쳐 썼다.

'평소엔 렌즈를 쓴댔나.'

작업 모드에 들어갔다가 나온 서명화는 화장기 없는 외모에 머리를 위로 올려 묶은 채였고, 심지어 지금은 사모에게 빌린 파자마 차림이었다.

'하긴, 사돈지간이긴 해도 엄밀히 따지면 남이나 다름없고.'

더욱이 지금부터 만날 이태석은 바이어가 될지도 모를 입장이니, 비즈니스의 세계에선 나름의 예의가 필요하단 것도 옳다.

'⋯⋯그런 걸 신경 쓸 줄 아는 사람이 허구한 날 우리 집에 틀어박혀 있나.'

어쨌건 틀린 말은 아니어서, 나는 서명화의 말에 동의했다.

"알겠습니다. 그럼 이모님 방으로 갈까요?"

"거기도 엉망이야."

"⋯⋯그럼 제 방으로 오시겠어요?"

"좋지. 어디 한번, 우리 조카 방 구경이나 해 볼까?"

나는 하는 수 없이 서명화를 내 방에 들였다.

방으로 들어온 서명화는 잠시 내 방을 두리번거리더니 나를 보며 씩 웃어 보였다.

"뭐야, 남자애면서 나름 꾸미고 살잖아? 언니 취향은 아니고. 네가 한 거니?"

"꾸미긴요. 오히려 덜어냈는데요."

"오히려 모던하고 좋은데. 미니멀리즘, 좋잖아. 디자인에 소질이 있는 거 아니야?"

"그냥, 그런 취향일 뿐이에요."

개인적으로 번잡한 건 질색이어서 야금야금 무채색의 장식 없는 가구로 조금씩 바꿔 오던 차였다.

"뭐, 그러면."

서명화가 의자에 앉았다.

"일단, 어땠어?"

"솔직히 말씀드리면."

"응."

"아주 좋았어요."

내 말에 서명화가 반색했다.

"진짜? 어휴, 정말. 너는 그러면서 아무런 내색도 안 하니? 사람 놀랬잖아."

"……."

서명화가 우쭐대며 말을 이었다.

"역시 내 조카야. 음, 예술가적인 심미안을 훌륭히 갖추고 있구나."

우쭐대며 자만하는 것도 좋지 않다.

그야, 그녀의 실력 자체는 훌륭하다. 훌륭하긴 하지만.

"다만."

"다만?"

"이런 말씀을 드려도 될지는 모르겠지만…… 조금 무난하지 않아요?"

"……."

서명화는 무어라 반박하려는 양 입을 벙긋거렸다가 꾹 다물었다.

그녀가 가져온 건, '무난하게' 예뻤을 뿐이었다.

'그 이상을 기대하는 내 눈이 너무 높을 뿐이겠지.'

스마트폰이 나오기 전, 2G 피쳐폰의 시절. 내가 겪었던 전생만 하더라도 별의별 디자인의 핸드폰이 쏟아지던 때가 있었다.

'그에 비하면 평범……하지. 뭐, 이 정도라도 삼광전자의 임원들은 좋아하겠지만.'

이윽고.

"맞아. 평범하지."

서명화가 내 생각을 읽은 것처럼 천천히 입을 땠다.

의외로, 그녀는 진지한 얼굴로 내 말을 긍정하고 있었다.

"하지만 한편으론 그게 정답일 거야."

"……."

"변명은 않을게. 그래도 개인적으로, 어쨌건 디자이너 흉내 내는 나부랭이 입장을 더해 성진이가 알아줬음 하는 것도 몇 가지 있어."

서명화가 손가락을 펼쳤다.

"첫째가 실현 가능성. 아무렇게나 그려서 그럴듯한 미래적 도안을 내는 건 누구나 할 수 있어. 하지만 그런 디자인을 실현할 가능성이 없다면 그냥 SF 설정화에 불과하지."

"……."

평소 헤실거리며 민폐나 끼치던 서명화는 본업이며 전공과 관련해 진지하게 임하는 모습을 보이고 있었다.

"둘째가 양산 가능성 여부. 이론상으로는 백 명이 있으면 백 가지의 취향이 있기 마련이야. 하지만 기업 입장에서는 모델을 늘릴수록 기초 단가가 올라가는 법이고, 기업 이익을 고려하면 다품종 소량 생산이 아닌 소품종 대량 생산으로 흘러가게 돼. 그러자면 자연스레 '무난한 디자인'의 제품을 선호하게 되지. 무난하다는 건 결국 일반 취향이기도 하단 의미니까."

나는 그저 적당한 포트폴리오만 있으면 되겠단 생각으로 임했으나, 서명화는 진지하게 상품화 가능한 물건을 몇 시간 만에 그려 낸 것이다.

'이건 내가 반성해야 할 부분이야.'

그 말을 들으니 서명화가 디자인한 도안이 새롭게 보였다.

"세 번째는 기업이 지향하는 방향과 일치하는 컨셉의 제품. 사실, 이 세 번째가 가장 어렵지. 삼광전자에선 죽었다 깨도 알록달록하고 팬시한 제품을 내진 않을 테니까. 내가 분석한 삼광전자의 제품군은 모던하고 안정적이며 단단한 느낌을 주는 거였어. 또, 그건 기업 이미지랑도 관련이 있는 거야. 그걸 뜯어고치려면 오너라 하더라도 조금 힘들 테지."

그건, 업에 관련한 서명화의 자부심이자 프라이드였다.

서명화는 손을 내리며 진지한 얼굴로 말을 마쳤다.

"일단은 이 정도만."

"……."

"그래도 이모는 성진이가 디자인을 진지하게 생각해 주는 거 같아서, 방금은 오지랖 좀 부렸어. 미안."

"아니에요. 저도 배웠습니다."

"요 녀석, 말하는 건 참 예쁘다니까."

서명화가 쓸쓸한 얼굴로 의자에 등을 기댔다.

'의외로 이런 부분은 제대로 된 사람이었구나.'

하긴, 사모만 하더라도 평소엔 헤실거리기 일쑤지만 음악과 관련하면 몹시 진지해지곤 했으니.

'혈통인가.'

그때, 서명화가 몸을 내 앞으로 훅 기울였다.

"짜잔, 어때?"

"예?"

갑자기 뭐야?

서명화는 내 볼을 살짝 꼬집으며 미소를 지었다.

"실은 그게 우리 본업이걸랑. 바이어를 그럴듯한 말로 구워삶는 거. 결국 장황하게 그럴듯한 이유를 들이밀면 '어라, 그런가?' 하고 생각하다가 도장을 쾅, 찍어 주거든."

어느새 서명화의 말투가 농담조로 변해 있어서, 나는 얼떨떨한 기분을 감추기 어려웠다.

"학교에서 그런 걸 가르쳐 주나요?"

"자연스레 익히는 처세란다. 정글에서 살아남으려면 익힐 수밖에 없는, 그런 거?"

서명화가 다시 등을 기대며 키득키득 웃었다.

"네가 말한 디자인 외주 회사? 나쁘지 않지. 응. 하지만 이번엔 성진이 네가 상대라 조금 수월했던 거야. 원래라면 이런 일의 몇 배는 더 정성을 쏟아야 하는 거고."

"……."

"뭐, 잘난 척 말하긴 했지만 보통은 이게 정상이야. 다들 성진이 너처럼 일단 도안을 받자마자 별로라고 말하곤 해."

나는 얼른 부정했다.

"아니에요. 디자인은 정말 훌륭해요. 말씀대로 상품화 가능한 디자인이고요."

"그래. '평범'하긴 하지만."

"……."

은근히 뒤끝이 있군.

누가 자매 아니랄까 봐 사모도 그렇지만.

"결국 디자인이라는 건 취향이라서, 일단 반려부터 놓고 시작하는 게 이 바닥 일이거든. 그러다가 돌고 돌아 원안이 채택되는 경우도 다반사고. 뭐, 일이라는 건 하고 싶은 대로 할 수만은 없는 노릇이지. 디자이너, 라고 하면 자유로워 보이지만 사실 그렇지만도 않거든."

그건, 나도 어디선가 들은 바 있던 내용이었다.

"그래서 이모는 이번에 이모 나름대로 조금 심술을 부려 본 거야. 어때, 조카. 디자인이 만만한 일은 아니지?"

"……예."

서명화는 내 머리를 쓱쓱 쓰다듬곤, 책상 위에 올려 둔 본인의 디자인 도안을 슥 훑었다.

"그래도 핸드폰 디자인이라는 거, 제법 재미는 있었어. 가끔은 이 정도 제약이 있어 줘야 창의성도 나오는 거고."

"……그러면 사업은 어떻게 하시겠어요?"

서명화는 미소 띤 얼굴로 대답했다.

"아니야. 오랜만에 펜을 잡아 보니까, 역시 공부가 더 필요하다 싶어."

"그래요?"

"응, 슬슬 미국으로 돌아가야지. 그래도 성진이 네 덕분에 내가 뭘 하고 싶었던 건지 생각할 계기도 됐으니까."

당초 목적이던 서명화 내쫓기는 성공한 셈이지만, 이렇게 되니 조금 아깝다.

"졸업하면 저희 회사로 오세요. 이모님이라면 무조건 투자해 드릴게요."

"어머, 정말?"

"예."

"후후, 말뿐이라도 고마워."

서명화는 히죽히죽 웃으며 도안을 정리했다.

"이건 어디까지나 기존 삼광전자 핸드폰의 컨셉에 기초한 도안 일이니까 선물로 줄게. 구워 먹든 삶아 먹든 알아서 해. 어차피 삼광전자 전용으로 만든 거라서 다른 데 쓰기도 애매하고."

"아버지껜 나중에라도 보여 드릴게요."

"아니야, 괜히 그럴 필요 없어."

서명화는 무안한 듯 볼을 긁적였다.

"솔직히 성진이 너한텐 잘난 척 말했지만, 그건 나 스스로 타협의 결과물인 데다 심술일 뿐이야. 이게 상용화되기라도 하면 고개를 들 수 없을 거 같아."

"……."

"말했다시피 이모는 아직 공부가 더 필요해. 솔직히 이건 평범하잖아? 학부생이 벌써부터 이렇게 타협한 결과물을 어디 들이밀면 흉나."

그런가.

본인이 그렇게까지 주장하면 나로선 할 말이 없다.

'……어라, 잠깐만.'

나는 문득, 서명화의 말 속에 숨은 묘한 함의를 읽어낼 수 있었다.

'착각은 아니겠지?'

밑져야 본전이다.

그래서 나는 얼른 물었다.

"혹시……."

"응?"

"이모님이 하고 싶었던 디자인도 따로 그려 놓지 않으셨어요?"

내 말에 서명화는 눈을 동그랗게 뜨더니 씩 웃었다.

"정말, 언니랑 오빠가 자랑 삼아 말하던 게 정말이었네. 우리 성진이, 똑똑하기도 해라."

"……."

어째, 왜 내 주위엔 호락호락한 사람이 한 명도 없는 걸까.

"좋아, 그러면 잠깐 기다려. 방에 갔다 올게."

서명화는 의기양양하게 방을 나섰다.

서명화가 떠나고 나니, 왠지 평소보다 더 적막하게 느껴지는 방 안에서, 나는 생각했다.

'서명화가 자인했듯 평범하긴 하지만, 그래도 하나같이 상품 디자인으로서는 용인되는 수준이야. 오히려 당장 써먹기엔 이게 좋지.'

호부 밑에 견자 없다고.

서명화가 언뜻 보인 진지한 모습에서 나는 외가의 힘을 슬쩍 엿본 기분이었다.

'만일 서명화라면 내가 아는 혁신적인 제품의 컨셉을 슬쩍 언급하기만 해도, 관련한 디자인이 뽑혀 나오겠는데.'

짧은 사이, 서명화는 손에 팔랑거리는 종이를 든 채 내 문을 달칵 열고 들이닥쳤다.

"자, 오래 기다리셨습니다! 이것이 바로 뉴욕대학교 디자인 전공 학부생의 작품!"

"……."

"두구두구 해 줘."

"두구두구."

"영혼이 없네. 뭐, 됐어. 이건 은근히 마음에 들어서 나중에 과제로 낼 생각이었지만, 자."

나는 서명화가 내민 종이를 얌전히 받아 들었다.

그리고.

"……!"

이번에는 진심으로 놀랐다.

그도 그럴 것이…….

서명화는 내 어깨에 손을 얹었다.

"에헴, 이게 바로 상품성도 재현 가능성도 도외시한, 말 그대로 컨셉 제품이 될 도안! 이란다. 어때, 이번엔 평범한 거랑 거리가 멀지?"

"……."

"황당하지? 그래서 할 말을 잊은 건가?"

"……."

"여보세요? 조카님? 성진아?"

"아, 죄송합니다."

나는 당장이라도 이태석에게 달려가고 싶은 기분을 억누르며 대답했다.

"이건…… 정말로 훌륭한데요."

"얘는."

서명화는 싫지 않은 양 웃으면서 고개를 저었다.

"칭찬이 고맙긴 한데, 아까 이모가 이야기한 3원칙은 잊은 거니?"

"첫째가 실현 가능성. 둘째가 양산 가능성 여부. 셋째는 기업이 지향하는 방향과 일치하는 컨셉의 제품이죠."

"뭐야, 잘 알잖아. 훌륭한 학생이군요. 아니, 잠깐. 진짜 그걸 한 번 듣고 외웠네? 엄청 똑똑하잖아? 아, 맞아. 전교 1 등이랬지?"

"……."

"……뭐, 아무튼."

서명화가 어깨를 으쓱였다.

"솔직히 말하면 학부생이기에 낼 수 있는 도안이야. 조금 과잉이다 싶어. 뭐, 언젠간 그런 것도 나오지 않을까, 싶긴 했지만."

나는 고개를 저었다.

"아뇨. 가능합니다."

"……엥? 이게?"

서명화가 꺼내 든 도안은 한 시대를 풍미했던 폴더폰이 디자인되어 있었다.

세계 최초의 폴더폰이라고 하면 1996년에 출시된 모토로라의 것을 일컫는데, 서명화는 이를 95년 이 시점에 가지고 내 앞에 들이민 상황이었으니.

그것도 이 집에서 단 몇 시간 만에, 여러 상용화 가능한 디자인을 뽑아내면서 슥삭 하고 그려 낸…….

'……진짜 원석이었잖아!'

이런 인재가 전생에는 '이성진의 이모'로만 남았던 거지? 아니, 내가 모를 뿐 실은 디자이너로서 현역으로 활동했던 건 아닐까?

'이럴 때가 아니야.'

나는 서명화의 손을 덥석 잡았다.

"이모님, 부디 한국에 계셔 주십시오."

"……엥."

이걸 놓치면, 바보지.

나는 당장이라도 이 도안을 이태석에게 보여 주고 싶었다.

'빠를수록 좋아. 잘만 하면 2G 피쳐폰 시장에서도 삼광이 경쟁 우위에 설 수 있어.'

결국 서명화는 내 고집에 두 손을 들었다.

「어휴, 알았어! 정말. 옷만 갈아입고 갈게.」

말은 그렇게 했지만, 의미 그대로의 뜻은 아니었다.

20분 뒤, 나는 기초화장까지 마친 서명화와 함께 이태석의 서재에 앉아 있었다.

이태석은 서명화의 방문에 잠시 의아해하긴 했으나.

「아, 그러고 보니 사업 운운했더랬지.」

관련해서 사모에게 들은 바가 있는 양 고개를 끄덕이곤 우리를 자리로 안내했다.

그리고 이태석은 서명화가 가지고 온 도안을 보며 진지한 얼굴로 고민에 잠겼다.

그가 입을 뗀 건 준비해 둔 머그컵 속 홍차가 바닥을 드러낼 즈음이었다.

"어렵군."

"……형부, 별로예요?"

"아니, 그런 게 아니라."

이태석이 말을 이었다.

"디자인 자체는 훌륭해. 몇몇은 당장 후보군에 넣고 싶을 정도야."

이태석의 드문 칭찬에 서명화는 빙긋 웃었다.

"고마워요."

"응, 처제에게 이 정도 능력이 있을 줄은 몰랐어."

"……형부는 저를 평소에 어떤 식으로 본 거예요?"

어떻긴, 보이는 그대로겠지.

이태석은 쓴웃음을 지었다.

"미안, 그럴 의도로 한 말은 아닌데."

"알아요. 예나 지금이나 애 취급하는 거."

"……아니, 그게 아니라……."

천하의 이태석이 쩔쩔매는 모습을 구경하는 건 제법 흥미로운 일이긴 했으나, 문제는 그게 아니다.

나는 그 틈에 끼어들었다.

"달리 문제가 있는 거죠?"

"……음."

이태석은 부정하지 않았다.

"성진이 너도 알겠지만 우리는 디자인에 맞춰 제품을 개발해 오지 않았다. 오히려 디자인이란 부가적인 요소일 뿐이었지. 이는 우리 회사뿐만 아니라 대부분이 그렇게 업무를 진행하고 있어."

이태석이 말을 이었다.

"더군다나 처제가 가지고 온……."

"폴더형 모델요?"

벌써 이름까지 붙였나, 싶은 얼굴로 이태석이 웃었다.

"그래. 그건 확실히 상용 가능성도 있고, 미적으로도 실용성을 겸비하고 있지. 기술적으로도 불가능하진 않아. 다만."

이태석이 책상 위에 놓인 종이를 손가락으로 툭툭 두드렸다.

"이 폴더형 모델을 채택하게 되면 우리가 개발 중인 핸드폰의 설계 구조 자체를 뜯어고쳐야 할 거다."

이 자리에 있는 서명화와 나를 신경 써서 빙 둘러 말하긴 했지만 이는 사실상 사내 정치 역학과 관련된 이야기였다.

이제 막 회사 내부의 기강을 다잡아 가고 있던 이태석은 현재 갈림길 앞에 멈춰 서 있었다.

'현 삼광전자의 경영자이자 거물 이휘철의 후계자로서, 이태석은 사내 정치의 역학을 고려하지 않을 수 없는 상황이겠지.'

비록 이휘철의 부재중 있었던 저번 파벌 다툼은 여차 저차 이태석의 승리로 끝났다지만, 그렇다고 해서 삼광전자가 온전히 이태석의 소유물 취급되고 있는 건 아니었다.

'권인수 부회장의 발톱이 빠지긴 했지만, 그것만으론 덩치 큰 호랑이가 고양이로 바뀔 리는 없으니까.'

이태석의 입장에 대규모 구조 조정으로 이들 반대파를 숙청하는 건 내키지 않을 뿐만 아니라 제법 어려운 일이었다.

'실패의 리스크가 큰 거지.'

이는 출시 임박 상태인 MP3 플레이어 제품군과도 성격이 달랐다.

무선 사업은 삼광전자가 야심차게 기획하고 있던 프로젝트로, 이는 작년 퀄컴과 협력 체계를 구축하기 이전부터 꾸준히 투자해 온 사업 중 하나였다.

그러니 현재 주력 상품인 백색 가전과 마찬가지로 무선 사업에는 이미 여러 임원들이 발을 걸쳐 둔 상태였다.

'퀄컴과 계약 갱신으로 무선사업부 자체에 이태석의 지분이 늘어나긴 했지만,'

어느 한 가지 제품이 나올 경우, 그건 해당 사업부 하나가 도맡아 모든 일을 처리하는 것이 아니다.

서비스, 물류 유통, 금형, 인사, 회계, 등등.

여러 부서가 거미줄처럼 얽히고 엮여 만들고 이를 유지하는 것이 기업의 일이었다.

거기엔 유형의 자산뿐만 아닌, 모종의 정신적인 무형의 이해관계가 얽혀 있는데, 이는 기업의 정체성과 연관이 깊다.

'이제껏 해 오던 일과 하려 하지 않던 것을 시도하는 일.'

서명화가 내게 보여 준 기존 벽돌형 디자인은 이제껏 해 오던 일이었고, 그녀가 디자인한 폴더형 디자인은 삼광이 하지 않았던 일이다.

삼광전자는 예나 지금이나 안정성을 추구하는 기업으로 유명했다. 그러다 보니 삼광전자를 수식하는 말은 패스트 팔로워였고, 이는 삼광이 가진 장점이자 단점이었다.

'수요가 확정되지 않으면 움직이지 않지만 계기만 주어지면 그 누구보다 빠르게 쫓아갈 수 있어, 반면 모험은 하려고 하지 않아.'

그건 삼광전자가 가진 예의 성과 위주 인사 체계와도 무관하지 않으리라.

그런 사풍이 남아 있는 한 삼광전자는 후발 주자에 머무를 수밖에 없고, 나는 이번 일을 계기로 삼광전자가 퍼스트 무버로서 도약하길 기대하고 있었다.

'오히려 나로선, 이번 일을 계기로 이태석이 회사를 통째로 집어삼켰으면 하는 바람인데.'

그러니 모델 양산이 확정된 상황에 이를 뒤집고 근본부터 뜯어고치는 건 이태석에게도 하나의 도전이나 다름없을 이야기였다.

'어쩌면 독재처럼 비칠지도 모르고. 오너 경영이긴 해도 지금으로선 검증되지 않은 오너지.'

한편으론, 이태석이 줄곧 벽돌형이 아닌 폴더형 모델을 예로 들어 가능성을 타진하고 있다는 건, 그로서도 폴더형 모델이 가진 매력을 실감하고 있단 의미이리라.

'사실 사업가로서 역량은 나와 비교할 수 없을 정도겠지.'

내가 그럴듯하게 사업을 꾸려 가는 것처럼 보이는 건 어디까지나 적재적소에 배치한 인재와 미래에 일어날 일을 꿰고 있기에 가능한 일일 뿐이다.

'그러니 살짝만 등을 떠밀어 주기만 하면 돼.'

나는 천천히 입을 뗐다.

"그러면 아버지, 삼광전자에서는 이 폴더형 모델을 채택할 생각이 없는 건가요?"

이태석은 눈썹을 씰룩였다.

"그런 말까진 하지 않았다. 다양한 사람의 의견을 들어 볼 필요도 있단 의미지. 회사란 그런 곳이니까."

이번에도 에둘러 역학 관계를 언급했지만, 그는 내가 그 함의를 읽어 내고 있으리라 확신하는 어조였다.

지금 이태석은 리스크를 피해 몸을 사리는 것이 아니었다.

오히려 좀 더 장기적인 관점에서, 이태석은 그가 성공하리라 확신하는 MP3 플레이어의 출시 이후 명분을 획득한 뒤 발언권을 확장할 생각일 것이다.

'나로선 그 초기형 MP3가 성공할지도 확신할 수 없지만, 어쨌건 세계 최초라는 의의는 득할 수 있을 테니.'

그는 철혈 이휘철의 아들이다.

누구 못지않게 야망이 있으며, 실제로도 그가 방향키를 쥔 뒤부터 삼광전자는 명실상부한 국내 1위, 나아가 글로벌 기업으로 일컬어지는 삼광전자를 만들어 냈다.

지금 그는 잠시 때를 기다리고 있을 뿐.

다만, MP3 플레이어가 성공하고, 그때가 되어 시도하게 되면 이미 때는 늦다.

'내년이면 모토로라가 세계 최초 폴더형 핸드폰을 출시하고 말 테니까.'

나는 어깨를 으쓱였다.

"정 그러하시다면 어쩔 수 없죠."

"⋯⋯응?"

"삼광전자에서 받아 주지 않으신다면, 다른 회사에 문의를 넣어 볼 수밖에요."

서명화는 '얘가 갑자기 왜 이래' 하는 눈으로 나를 보았지만.

"하핫."

그 밀고 당기기의 속내가 뻔히 보인다는 양 이태석은 웃음을 터뜨렸다.

"그래. 그것도 좋겠지."

그러면서 이태석은 서명화를 물끄러미 쳐다보았다.

"오늘 본 처제의 실력이라면 무엇을 하건 성공할 수 있을 테니까."

"아뇨, 형부, 저는……."

나는 서명화가 쓸데없는 이야기를 꺼내기 전에 말을 가로챘다.

"네. 어디에도 먹힐 법한 충분히 경쟁력 있는 디자인이죠. 저로선 이모가 창업할 회사에 투자할 수 있게 된 걸 좋은 기회라 생각하고 있어요."

"그렇지."

이태석은 고개를 끄덕였다.

"그러면 성진아. 어디에 그 디자인을 팔 생각이냐? 금일? 아니면 한대? 바란다면 내가 소개해 주마."

어디 해 볼 테면 해 보라는 식이다.

그로서도 내가 정말로 그럴 리는 없다는 걸 확신하는 양.

어차피 국내에서 핸드폰을 제조할 만한 역량을 갖춘 회사야 손에 꼽기도 뭣할 만큼 뻔했고, 앞서 이태석이 언급했듯 삼광전자뿐만 아니라 대부분이 디자인 중점이 아닌 업무를 진행하고 있었으므로.

오히려 같은 조건이라면 삼광전자의 지분을 보유하고 있는 내가 다른 회사에 이번 안건을 들이밀 리 없다는 판단이 섰을 것이다.

말마따나, 나도 그럴 생각은 없다. 그저 다른 이야기를 꺼내 보려고 구실을 잡은 것뿐.

나는 마주 웃었다.

"모토로라는 어때요?"

"……."

이태석의 얼굴에 걸린 미소가 조금 희미해졌다.

이태석은 실력 못지않게 자부심도 있는 남자다.

그는 삼광전자를 국내 1위의 기업으로 성장시킬 생각도 있었고, 어디까지나 시간문제일 뿐 이젠 그럴 만한 역량을 갖추고 있단 생각도 하고 있었을 것이다.

그러나 은연중.

그래, 은연중 그런 생각만으로 머릿속이 꽉 차 있을 이태석에게 나는 이제부턴 글로벌 경쟁을 고려해야 한다는 걸 새삼 자각시켰다.

"제 생각이지만, 아마 이제부턴 전 세계적으로 모바일의 수요가 급증할 겁니다. 저로선 시기에 맞춰 제 값을 쳐준다고 하면, 굳이 국내에 한정해서 생각할 필요는 없을 테니까요."

이미 경쟁은 시작되었다.

다소 뻔한 말이었지만, 이태석은 내 말을 잠자코 들어주었다.

"……녀석."

이태석이 씩 웃었다.

그 모습에 나는 문득, 이휘철의 얼굴을 비쳐 보고 말았는데.

'자리가 사람을 만드는 건가.'

이태석은 이휘철에게서 물려받은 자질을 서서히 피워 가는 중이었다.

"그래, 이왕 막나가고 있는 거, 한 걸음 더 내딛는다 해서 달라질 것도 없겠지."

이태석은 퍽 자조적인 농담까지 곁들이며 도안을 챙겼다.

"그럼 이건 내가 책임지고 삼광전자가 사 갈 수 있도록 하마. 그거면 되겠지?"

"예."

"그래, 그러면 됐다."

이어서 이태석이 서명화를 보았다.

"처제."

"네, 형부."

"자세한 계약 내용은 빠른 시일 내에 보낼게."

"괜찮아요. 천천히 하셔도."

서명화의 말에 이태석은 고개를 끄덕였다.

"그리고 늦은 시간까지 성진이가 곤란하게 했어. 미안해."

"아니에요. 괜찮아요. 사실, 이런 때가 아니면 형부 얼굴 보기도 어렵고."

"……음."

"일도 좋지만 가정도 지켜 주세요."

이태석은 곤혹스러운 미소로 대답을 대신했다.

"성진이랑 할 이야기가 남았겠죠? 그럼 저는 먼저 들어가 볼게요. 안녕히 주무세요."

"응. 처제도."

서명화는 자리에서 일어나며, 왜 그러는 건지 내 머리를 가볍게 콩하고 쥐어박았다.

"요석."

"……"

왜? 계약 이행도 내가 발 벗고 나서서 잘 처리해 줬는데.

서명화가 서재를 나서며 달각, 문을 닫고 나가자마자 이태석이 입을 열었다.

"제법이구나."

"뭘요."

"아니. 네 말마따나 이젠 해외시장에 눈을 돌릴 때인 것도 맞지. 그러자면 다소 무리를 해서라도 남들보다 앞서갈 필요가 있어."

그 책임은 이태석이 짊어져야 할 몫이었으므로, 나로선 다소 무책임한 말을 뱉었단 자각도 조금 있었다.

"다만."

이태석이 나를 가만히 쳐다보았다.

"오늘 너는 조금 무례했다."

"······."

이태석은 어찌 보면 당연한, 그리고 한편으론 의식한 적 없던 내 입장을 입에 담았다.

"가족이니 이번엔 넘어가 줬지만, 다음부턴 그런 식의 협상은 하지 말거라."

나야 사업가로서 이태석이 응당 내 제안을 따라 줄 것이라는 확신에 움직인 것이었지만.

나 스스로 '아버지로서 이태석'의 입장을 간과하고 있었단 건 시인해야 했다.

"유념하겠습니다."

"······그래."

이태석이 쓴웃음을 지었다.

"성진이 너는 분명 나이에 비해 조숙한 면이 있긴 하다만, 때때로는······."

이태석은 입을 다물곤 하려던 말을 삼켰다가, 다시 입을 뗐다.

"아니, 됐다. 그러는 나도 네가 아직 국민학생이란 걸 깜빡하곤 하니까."

"……."

그리고 이태석은 서명화가 두고 간 디자인 도면을 챙기며 툭하고 뱉었다.

"그러고 보니 MS에서 만남을 요청했더구나."

"……예?"

"아무래도 네가 가진 MS 지분 탓에 윈도우 출시 관련해서 협상할 게 있나 보더군."

그 중요한 걸 왜 이제야 말하는 거야?

이태석은 내 얼굴을 물끄러미 쳐다보더니 고개를 저었다.

"그래서야."

"……."

"처음엔 믿고 맡길까, 생각도 했다만…… 아직은 때가 아니겠구나."

한국이야 유교적 관념이 뿌리박혀 있으니 방금 전처럼 무례 운운하겠지만, 미국은 괜찮지 않나?

이태석은 마치 내 생각을 읽기라도 한 양 말을 이었다.

"미국은 생각보다 보수적인 곳이야. 기회의 땅, 성과 위주의 아메리칸 드림으로 포장해 그 눈을 가리고 있지만, 한편으론 그 어디 못지않게 편견으로 가득한 곳이지."

"……."

"미팅 요청이 내게 온 것도 그런 연유일 거다. 뭐, 어쨌건 외부에선 국민학생 사장이라는 존재는 받아들이기 힘들단 의미겠고. 한편으론 내가 네 회사의 실질적 소유주란 생각이 겠지."

결국, 준비하던 MS와 직접 담판은 물 건너갔다.

이거 참.

'뼈를 내주고 살을 깎은 기분인데.'

아니, 그런 게 아니다.

'서명화 건은 구실에 불과하고 처음부터 그럴 작정이었겠지.'

설마하니, 나를 의식하는 건가.

이태석은 고개를 돌리며 픽 웃었다.

"어쨌건 오늘은 늦었으니 이만 들어가 보거라. 사안은 내일 적당히 시간을 봐서 이야기를 해 보자꾸나."

나로선 당장 해당 건을 진행시키고 싶은 마음이 굴뚝같았지만,

"예……."

나는 찝찝한 기분을 남긴 채, 별수 없이 수긍해야만 했다.

2장

"한 방 먹었어."

이태석의 나직한 중얼거림에 서명선은 침대에 누워 책을 읽다 말고 접으며 책갈피를 끼웠다.

"무슨 일 있어요?"

"아니……. 별건 아니고."

부스럭, 이태석이 이불 속으로 들어오며 말을 이었다.

"처제랑 성진이가 사업을 한다고 했지? 그거 관련해서."

그 말에 서명선은 미소를 지었다.

"성진이가 또 뭔가 했나 보네요. 명화가 제법 잘했나 봐요?"

"응. 처제도 솜씨가 대단하더군."

"그래요?"

"솔직히 내 입장만 아니었으면 당장 관련 사안으로 제품화를 추진했을 거야. 뭐, 결국은 그렇게 됐지만."

"그래서 한 방 먹었단 말씀이군요."

"……."

그것뿐만은 아니지만.

서명선은 그런 속내를 모른 채 소리 없이 웃었다.

"당신도 참. 하긴, 성진이가 나서서 뭔가를 한다고 할 때부터 '명화 개가 실력이 있나 보구나' 싶긴 했지만요."

"당신 동생인데, 몰랐어?"

서명선이 어깨를 으쓱였다.

"명화는 옛날부터 그랬거든요. 바깥에서 무슨 일이 있었는지, 집에 오면 도통 말하는 법이 없죠. 오빠랑은 정반대라니까."

"……흐음."

서명선은 공연히 입을 삐죽였다.

"오죽하면 성진이네 레스토랑이 금례 개랑 했다는 것도 최근에야 알았겠어요. 정말, 명화 개는 입이 무거운 건지, 아닌지."

이어서, 서명선이 흐뭇한 얼굴로 말을 이었다.

"그래도 잘됐네요. 안 그래도 요즘 고민이 많아 보였거든요. 게다가 우리 성진이랑 일하는 거라니까, 안심해도 될 거 같고."

서명선의 말에 이태석이 쓴웃음을 지었다.

"글쎄. 과연 어떨지."

"……무슨 뜻이에요?"

"성진이는 기댓값이 높거든. 항상 어떤 일의 다음을 준비하는 느낌이 있지."

"그런가……?"

그래. 마치 무언가에 쫓기듯.

이태석은 무심코 그런 말을 뱉으려다가 입을 다물었다.

생각해 보면, 고작해야 국민학생에 불과한 이성진이 무엇에 그리 조급증을 내는지 이해하기 힘들 때가 종종 있었다.

사업가로선 응당 '매 순간이 위기'라는 말을 경구 삼아 실행해야 하지만, 그 말을 항상 떠올리며 지키는 건 그가 알기로 이성진이 유일했다.

'혹은 아버지거나.'

서명선은 이태석의 침묵을 잠자코 기다려 주었고, 이태석은 천천히 입을 뗐다.

"다만…… 내가 잘한 건지, 아닌지. 확신이 들지 않아."

"명화랑 사업 이야기한 것 때문에 그런 거라면, 우선 학교 졸업부터 시켜도 괜찮아요."

"아니. 처제와 계약한 것 자체는 문제될 것이 없어. 오히려……."

오히려 잘되다 못해, 뒤통수를 한 대 얻어맞은 기분이었다.

이태석은 그 안에 있던 말을 힘겹게 끄집어냈다.

"……어쩌면 나도 은연중 지금 이대로 안정적인 상황이 쭉 계속될 거란 생각을 한 걸지도 모르지."

"……."

"반면 성진이는 오늘 그런 내 안일함을 언급해 줬어. 아까 내가 한 방 먹었다는 건, 그런 이유야."

서명선은 이태석의 팔을 가만히 쓸어 주었다.

"애들한테도 배울 것이 있다고 하잖아요? 하물며 똑똑하기로 소문난 우리 아들인걸요. 오히려 자랑스러워해야 하는 거죠."

이태석은 쓴웃음을 지었다.

"아니. 내가 괜한 짓을 했다고 후회 중인 건, 성진이한테 화를 냈단 거지."

"네? 성진이한테요?"

마치 절대로 있어선 안 될 일이 일어났다는 양, 서명선은 깜짝 놀라 눈을 동그랗게 떴다.

"걔한테 손댈 곳이 어디 있다고. 착하고 좋은 애잖아요? 오히려 저는 이대로만 자라 주면 좋겠단 생각인데. 왜요? 무슨 일 있었어요?"

"협상 과정에서 조금…… 무례했어."

"……."

서명선은 얼굴에 미소를 거둬들였다.

"당신답지 않네요."

이태석답지 않다.

이태석은 그 말을 부정하지 않았다.

"……맞아. 나답지 않았어."

이태석은 오늘 있었던 이성진의 태도가 '무례했다'고 언급하며 잔소리를 하긴 했으나.

이태석 스스로가 생각하기에도, 이는 공연한 트집을 잡은 것에 불과했다.

이태석이 신경 쓰는 건, 그 과정에서 보인 이성진의 모습이었다.

"그러면 안 된다고 생각하면서도 감정적으로 대처했지."

그러나 한편으론.

그 순간 이성진이 보인 모습에서 정체를 알 수 없는 불쾌감이 훅, 끼쳐 들어온 것도 사실이었다.

불과 얼마 전까지만 하더라도 철없이 지내던 녀석이, 어느 순간 정신을 차리고 보니 의젓하다 못해 그 안에 다 큰 어른이 똬리를 틀고 있는 것처럼 느껴질 때가 왕왕 있다.

그건 갑작스레 철이 들었다는 것으로 퉁 치고 넘어갈 일이 아닌, '사람이 바뀐 것 같다'는 느낌에 가까웠다.

상식적으로 생각해 말이 안 되는 이야기지만.

그래서 이태석은 이성진에게서 느낀 불가해함과 까닭 모를 불쾌감의 연유를 우선 다른 곳에서 찾았다.

"이따금, 성진이 녀석이 하는 걸 보면 목적 지향적일 때가 있거든."

"……그게 나쁜 건 아니잖아요?"

"표면적으론 그렇지."

이성진이 하는 말과 행동에는 항상 목적이 있었다.

그건 '표면적으론' 아무런 문제도 없다.

하지만.

이태석은 그 스스로 아내에게 괜한 말을 했다 싶으면서도 내면에 도사리고 있던 위화감을 숨김없이 털어놓았다.

"말로 표현하긴 힘들지만…… 사람을 대할 때도 그게 '수단화'된단 느낌이 들 때가 있지 않아?"

오늘 있었던 일도, 어쩌면 이성진의 머릿속에는 이태석이 '이쯤 하면 물러나지 않을 것이다'는 계산이 저변에 깔려 있었을지도 모른다.

"……저로선 동의하기 힘든 이야기예요. 결국 느낌뿐이잖아요? 당신 말마따나 표면적으론 아무 문제도 없는걸요. 동생인 희진이도 싫은 내색 없이 잘 돌보고, 한군네랑은 아무 차별도 하지 않고 친구처럼 지내고, 또 고용인들에게도 예의 바르게 대하고요."

"……맞아. 당신 말도 틀림없지."

결국 논리적으로 해명하기 힘든 위화감의 정체를 이태석은 논리로 규명할 수 없었다.

결과적으론 어디까지나 '느낌'이라는 것.

이휘철은 '사업가로서의 감' 따위를 좋게 보는 모양이었지만, 이태석은 그런 비논리적인 이야기는 견디기 힘들어했다.

그렇기에 이태석은 그 스스로가 혼란에 빠져 갈팡질팡하고 있었다.

내면에서 답을 찾지 못하고 빙글빙글 맴돌기만 할 뿐인 사유는 결국 방향을 틀어 그 스스로를 향하게 된다.

이태석은 결국 '이태석답게' 문제를 바깥이 아닌 자신에게서 찾았다.

"나도 괜한 짓을 하고 말았단 생각 중이야."

"……."

"모르겠어. 나도 내가 왜 그랬는지."

그리고 침묵.

그 기류를 깨뜨린 건 서명선이었다.

"아버님이 은퇴하시고."

서명선이 차분한 어조로 말을 이었다.

"이제 당신이 회사의 실질적인 오너가 되었잖아요?"

"……음."

"그러다 보니 환경도 바뀌었고, 그 바람에 신경 쓸 것도,

책임질 것도 많아져서 피곤해진 것뿐이에요. 한편으론 성진이에게 기대하는 것이 예전보다 더 커진 거겠죠."

서명선이 차분하게 가라앉은 어조에 약간의 변화를 주었다.

"사실, 우리 성진이 정도면 어디 내놔도 남부끄럽지 않을 아이예요. 공부도 잘하고 착하고, 또 다재다능하니까. 어쩌면, 그 자체가 기적일지도 모를 일인데."

서명선은 이태석의 손을 부드럽게 잡았다.

"당신이나 아버님이나 성진이가 잘하면 잘할수록 기댓값이 높아지는 거죠."

그래, 어쩌면.

"당신은 아까 전 성진이는 기댓값이 높다고 말씀했지만, 제가 보기엔 둘 다 똑같아요. 당신도 성진이 못지않게 목적지향주의자고, 머릿속에 괜한 생각이 잔뜩 있거든요."

별것 아닌 이야기였지만.

누군가에겐 '발가락이 닮았다'는 말만으로도 위로가 되는 법이었다.

하물며 서명선의 말은 줄곧 이성진의 존재로부터 타자적인 위화감을 느끼고 있던 이태석에게 때마침 그럴듯한 도피처이자 구실이 되어 주었다.

결국, 이태석은 서명선의 말을 조심스럽게 인정했다.

"그런가……."

"그럼요."

"하긴. 나도 손댈 것 없는 애라고 생각해서 가만 지켜보고 있었는데, 문득 그게 아닐지도 모른단 생각이 들었던 건……."

이태석이 쓴웃음을 지었다.

"……당신 말대로였는지도 모르겠어. 불필요하게 주마가편(走馬加鞭)하고 있었던 거지."

"어휴 참."

서명선이 이태석을 끌어안았다.

"당신도 오랜만에 아빠 노릇 하느라 그런 것뿐이죠. 저는 오히려 좋은걸요."

"응."

이태석은 서명선의 품에 안겨, 가만히 그녀의 심장박동을 들었다.

"……당신이랑 결혼해서 다행이야."

"어머, 정말."

서명선은 웃으면서, 품에 안긴 이태석의 머리를 만졌다.

"어쩌면 잠시 거리를 두는 게 해결책일 수도 있어요."

"무슨 의미야?"

"애들도 곧 사춘기가 오겠죠."

서명선이 말을 이었다.

"성아 걔는 아직 어리지만, 나중엔 한군에게도 따로 방을 내줘야 할 테고요."

"별채를 주면 되지 않나?"

"그것도 조금……. 새삼스럽죠."

"하긴. 계속 다락에 둘 수도 없고 쌍둥이도 있으니."

그러며 잠시 생각에 잠겼던 이태석이 고개를 들었다.

"그러면 당신은 유학이나 기숙학교를 생각하는 거야?"

"그런 말은 하지 않았지만, 그랬으면 싶어요?"

"그건 안 되지."

이태석이 고개를 저었다.

"이미 벌여 둔 사업이 엄청난데, 그건 성진이나 나나 바라지 않는 일이야."

이태석의 말에 사모가 웃었다.

"거봐요, 당신도 충분히 목적 지향주의자면서."

"……."

아내는 이길 수가 없다.

"제 생각인데, 애들만 따로 멀지 않은 곳에 집을 마련해 주면 어떨까요? 마침 성진이 회사도 분당에 있고요."

"으음."

이태석은 곰곰이 생각에 잠겼다.

"하지만 아직은 좀 그렇지. 아무리 성진이가 조숙하다곤 해도, 애들만 살게 하는 건……."

"괜찮아요. 내후년이면 성진이도 중학생이 되잖아요? 마침 명화도 있고. 그때가 되면 명화랑 같이 살게 하죠, 뭐. 사실 명화도 학교는 졸업해야 하니, 그사이 미국으로 돌아가게 해서…….”

이성진의 본의는 아니었지만 결과적으로, 일은 그가 바라던 방향으로 흘러가는 중이었다.

다음 날 나는 서명화와 함께 서초동 삼광전자 본사 사옥에 자리 잡고 있는 이태석의 사장실에 있었다.

“자, 그럼 어디 확인해 보자. 계약상으론 일단 주식회사 삼광전자를 갑, SJ컴퍼니를 을이라 칭하고…….”

아직 서명화는 법인까지 차린 상태가 아니었으므로, 내 회사를 대리로 세워 디자인 제품 관련한 계약을 체결했다.

어젯밤 그런 일이 있었지만, 이태석은 평소와 다를 것 없는 모습이었다.

‘역시 이태석이야. 공과 사의 구분은 엄격하군. 아니면 생각보다 별일이 아니었거나.’

그렇다고 사장까지 나서서 이런 자잘한 계약을 체결하는 건 의외였지만.

‘그 부분은 이태석의 부름으로 왔으니, 겸사겸사라고 생각하자.’

계약서에 서명까지 마친 뒤, 서명화는 서류를 챙겼다.

"고마워요, 형부."

"고맙긴. 상호 간에 이득이 된다고 생각해서 맺은 비즈니스일 뿐인데."

"그래요? 밥이나 사려고 했는데."

"오히려 로비처럼 보일 수 있으니 이쪽에서 사양하지."

이태석은 미소 띤 얼굴로 말을 이었다.

"그럼, 일단 비즈니스는 끝났으니, 잠시 상의했으면 하는 이야기가 있는데."

"예?"

무슨 할 이야기가 있단 거지?

서명화는 의아한 듯 나를 바라보았다.

저도 모르는데요.

우리는 잠자코 이태석의 이야기를 들었다.

"……."

조건부 독립이라.

그러잖아도 내후년 즈음부터 그렇게 되게끔 계획 중인 일이었는데, 나도 모르는 계기로 일이 진행되려 하고 있었다.

"단, 처제가 학교를 졸업하는 게 먼저야."

"으음."

서명화는 잠시 고민하다가 나를 보았다.

"저야 괜찮지만…… 성진이는 어때?"

"저도 이모님만 좋다면, 좋아요."

서명화를 동거인이자 보호자로 두는 건 내 입장상 어쩔 수 없이 타협해야 하는 조건이긴 했지만, 그 정도는 감내할 수 있었다.

서명화는 빙긋 웃으면서 고개를 끄덕였다.

"알겠어요. 그렇게 하죠, 뭐."

그가 생각하는 것 이상으로 일이 빠르게 결정되니 이태석은 눈썹을 씰룩였다.

"처제는 괜찮아? 성진이 보호자로 부담스럽진 않고?"

"그럼요. 안 그래도 학교엔 돌아가야겠단 생각 중이었고……."

서명화가 어깨를 으쓱였다.

"게다가 성진이가 있어 주면 오히려 혼자 나가 사는 것보다 일이 수월하겠죠."

나란 존재는 집안에서 반대할 구실을 사전에 막아 주는 방패막이로 용이할 것이다.

이어서 서명화가 나를 보며 눈을 찡긋했다.

"게다가 성진이는 손이 많이 가는 애도 아니고요."

누가 누굴 돌본다고?

내 쪽에선 오히려 서명화가 손이 많이 갈 거 같은데.

"좋아. 그럼……."

왠지 안도하는 듯한 모습으로, 이태석이 고개를 끄덕여 말을 이었다.

"처제가 디자인한 이번 제품은 삼광전자에서 책임지고 진행하지."

"네!"

이야기 일단락되고 잠시 사담을 주고받은 뒤, 이태석이 시계를 힐끗 쳐다보았다.

"그럼 처제한테는 미안하지만, 나는 성진이랑 잠시 회의할 게 있어서……."

"괜찮아요, 천천히 일 보세요. 그러잖아도 슬슬 집에 들어가 봐야겠단 생각 중이었거든요."

"음."

"그럼 먼저 실례할게요."

서명화가 사장실을 나서고, 이태석은 짧은 배웅 뒤 자리로 돌아와 의자에 앉았다.

"그나저나 성진이는 흔쾌히 동의하는구나."

"예, 분당이면 본가에서 멀지도 않은걸요. 저로서도 회사랑 가까워서 좋고요."

"음."

왠지 너라면 그럴 줄 알았다는 듯 이태석이 고개를 끄덕였다.

나는 아직 이태석의 손바닥 위에 있는 건가.

"저, 다만 한군 의견도 들어 봐야 할 거 같은데……."

조건엔 한성진의 이주도 포함되어 있었다.

이태석은 가볍게 고개를 끄덕였다.

"한익태 씨는 동의하더구나. 그래, 한군이랑도 이야기를 해 봐야 하겠지. 그건 네게 맡기도록 하마."

"예."

뭐, 한성진은 오히려 자기 방이 생기게 되니 기뻐하지 않을까.

당시의 나라면 그랬을 거란 의미지만, 이번 생에도 다르지 않을 것이다.

"자, 그럼."

이태석이 어조를 바꿨다.

오늘은 혼날 만한 짓을 안 했으니, 정말로 업무 관련해서 이야기를 할 것이란 생각이 들었는데.

아니나 다를까, 이태석은 곧장 업무 이야기를 끄집어냈다.

"어젯밤에 이야기한 MS 미팅 건을 이야기해 보자. 내 생각엔 이번에 출시될 윈도우의 국내 유통과 관련해 이야기가 나올 것 같다만."

이태석이 만년필을 꺼내 메모지 위에 얹었다.

공과 사의 구분과 전환이 기가 막힐 정도였지만, 이태석이니 그러려니 했다.

그가 MS 이야기를 꺼낼 것이란 건 나도 예상했던 바였고.

"예. 저로선 로컬라이징 업무도 저희 쪽이 진행했으면 합니다."

"그 정도는 MS 측이 진행해도 문제가 없을 텐데. 달리 전략이 있는 거냐?"

"자사의 패스파인더 브라우저를 가져갔으면 해서요."

"흐음."

나는 삼광네트워크가 개발한 인터넷 브라우저를 언급했다.

당시만 해도 임시 프로젝트명이었던 '패스파인더'는 결국 해외시장 진출까지 고려해 정식 서비스 명칭으로 채택되었다.

이태석이 고개를 주억거렸다.

"그래, 만듦새는 좋더구나. 사용해 보니 몇몇 부분에선 패스파인더가 인터넷 익스플로러보다 나은 점도 더러 보였고."

"예."

작년, 길잡이 운운하며 개발이 시작된 패스파인더는 SJ소프트웨어와 업무 제휴를 통해 이럭저럭 괜찮은 포털 사이트를 완성했다.

'전생과 비교해도 검색 엔진의 성능은 나쁘지 않았어.'

몇몇 사용성 분야에선 자잘한 개선 사항이 필요하긴 했지만, 그건 업데이트를 통해 해결할 수 있는 문제였다.

더군다나 처음부터 너무 많은 정보가 주어지면 사용자 입장에서도 질리기 마련이니.

거기까지 완성되고 나니, 조금 더 욕심이 생겼다.

'선점 효과라는 건 무시할 수 없지.'

실제로도 전생의 인터넷 익스플로러는 그 선점 효과를 톡톡히 보았고, 각종 관공서를 비롯한 은행 업무는 인터넷 익스플로러 브라우저에 기반을 둔 보안 시스템을 채택했다.

여기서 만일, 자사의 패스파인더 브라우저를 윈도우 기본 사양으로 탑재할 수 있게 된다면 최소한 국내에서만이라도 그 패는 우리가 쥐게 될 것이다.

이태석은 잠시 생각하다가 입을 뗐다.

"다만 같은 조건이라면 MS 측에서 양보하려 하지 않을 거다. 이쪽에서는 별도의 패를 꺼내야겠지. 이를테면 유통 마진을 줄인다거나 하는 식으로."

"예. 하지만 그걸 감안하더라도 그럴 만한 가치는 있을 것이라고 생각해요."

"알겠다."

이태석은 한 번의 지적 이후엔 가타부타하지 않고 메모지를 끼적였다.

그 또한 브라우저의 가능성을 염두에 두고 있는 듯했다.

"그 외에 달리 요청 사항이 있느냐?"

"음......."

그 외엔 내가 지분을 쥐고 있는 한컴의 오피스 프로그램을 기본 사양으로 탑재했으면 싶은 것도 있었지만, 그건 아직 시기상조였다.

오히려 때를 기다리면 몸값을 올려 더 좋은 조건으로 협상할 일이 있을 것이다.

'그래도 모처럼 기회인데…….'

결심을 마친 뒤, 나는 조심스럽게 운을 뗐다.

"조금 무례한 요청일 수도 있는데…….'

이태석은 그런 나를 물끄러미 쳐다보았다.

"괜찮다. 어제는…… 네 이모 앞에서 했던 것 때문이었고, 지금은 우리 둘뿐이니까."

그러면서 이태석은 일부러 그러는 것처럼 미소를 지어 보였다.

"오히려 그런 입장 때문에 해야 할 말을 못 하게 된다면 마이너스지. 평소처럼 할 말이 있다면 어디 해 보거라."

하긴, 어젯밤에는 서명화와 이태석의 상호 입장을 고려하지 않은 내 잘못도 있었다.

그러니 '평소대로'라고 하는 건 이태석이 그은 심리적인 선의 조율을 의미하는 것이고.

지금은 '평소'의 우리 관계로 돌아온 것이라 생각하기로 했다.

나는 이태석을 믿고 말을 이었다.

"예. 그럼 저, 혹시 빌 게이츠의 사인을 받을 수 있을까요?"

전생에도 빌 게이츠는 여러모로 존경할 만한 인물이었지만, 이번 생에 햇병아리 프로그래머의 입장에서 보니 그에 관한 존경심이 무럭무럭 샘솟았던 나였다.

'빌 게이츠의 사인이라면 소장 가치가 충분하지.'

한때 빌 게이츠는 '길을 걷다가 100달러 지폐를 발견해도 줍는 시간이 손해'라는 말이 있을 정도였고, 거기다 마침 모처럼 비즈니스적으로나마 다리를 걸치게 됐으니 그럴 구실도 주어졌겠다. 그 정도 부탁쯤은 서비스 차원에서 해 줄 수 있을 것이다.

너무 사적인 이야기였는지, 이태석은 내 말에 잠시 아무 반응도 없다가 천천히 되물었다.

"……빌 게이츠? 설마 MS의 CEO인 빌 게이츠 말이냐?"

"네."

공사 구분이 엄격한 이태석이라서 그런 걸까, 내 개인적인 요청에 이태석의 표정이 딱딱해졌다.

이태석의 선이라는 건 같이 산 지 1년이 넘어가는 이 시점에도 가늠하기 어렵다.

"아, 굳이 그러시지 않아도 돼요. 그냥 그랬으면 좋겠단 정도여서요."

"……."

이태석은 묵묵히 생각에 잠겼다가 입을 뗐다.

"그건, 네가 협상 테이블에 앉아 있었더라면 문제없이 했을 거란 의미고?"

잠시 생각해 봤다.

「제가 사장님 팬이어서 그러는데, 사인 한 장만 받아도 될까요? 사랑을 담아, 빌 게이츠. 정도의 문구면 좋을 거 같아요.」

「오우, 프레지던트 Lee, 그 정도 귀여운 요청?쯤이야 아무런 문제 될 것 없어요우. HAHAHA!」

……아마, 이런 식으로 분위기도 제법 화기애애해지지 않을까.

반면, 이태석이 '우리 아들이 그쪽 사장님 팬이어서 사인 한 장 받고 싶다는데요' 하고 말하는 건 상상하기 힘든 광경이긴 했다.

그래서 나는 고개를 끄덕였다.

"예. 혹시 아버지껜 어려운가요?"

"……."

그래도 명색이 아들인데 이 정도 응석은 받아 줘도 괜찮지 않나?

설마, 이번에도 '무례'했던 건 아닐까, 생각했는데.

이태석은 긴 한숨을 내쉬었다.

"이럴 줄 알았으면 그냥 차라리 네게 맡길 걸 그랬구나."

이어서 이태석이 쓴웃음을 지었다.

"……그것도 고려는 해 보마."

"예, 감사합니다!"

"아니다. 내가 하겠다고 마음먹은 이상 그 정도는 해내야 지."

그렇게 다짐할 정도의 이야긴가.

나는 이태석이 의외로 부끄러움이 많은 타입인 걸지도 모르겠단 생각을 했다.

"그럼 먼저 가 보겠습니다."

이성진이 사장실을 나서고, 이태석은 딱딱하게 굳은 얼굴로 사장석에 앉았다.

'……내가 조금 오해하고 있었군.'

이성진은 방금, 그에게 무척 어려운 과제를 남기고 떠나갔다.

'잠시 아들을 향한 내 기준이 높다고 생각했지만, 아니. 그조차도 헐거워.'

이태석은 사장석 탁자를 손가락 끝으로 톡톡 두드렸다.

'CEO의 서명을 요구한다라.'

그것이 의미하는 바는 컸다.

'그건 사실상 일개 유통사로서 접근이 아닌, 대등한 파트너십을 요구하는 거지.'

이성진은 이번 협상에 임하며 이쪽에 맞춰 상대도 회사의 최고 권력자가 직접 승인할 것을 요구했다.

하물며 지금부터 협상에 나서는 건 삼광전자의 사장인 이태석이다.

그러니 MS 측도 업무 대리인을 보낼 것이 아닌, 그에 합당한 권한을 가진 대표자, 즉 빌 게이츠와 다이렉트로 이어지는 성의를 보이란 권고를 보내는 것으로 풀이되었다.

그러니 이태석이 생각하는 이성진의 의도인 즉, MS가 한국 내에 별도의 법인을 설립하도록 용인하지 않겠단 뜻.

'한국 시장에서만큼은 내가 갑이다, 라는 건가. 그렇기에 모아 둔 지분이었던 거지. 이미 녀석에겐 그런 요구를 당당히 할 수 있는 위치라는 자신감이 있는 거야.'

이성진이 나스닥에 등록된 MS의 주식을 긁어모을 때만 하더라도 전도유망한 회사의 주식을 이용한 시세 차익을 노리는 것 정도라고 생각했다.

하지만, 지금 이 시점에 와서 생각해 보니, 그런 단순한 것이 아니었단 것을 깨달았다.

'설마 그걸 무기로 쥐고 흔들려 할 줄은…….'

생각해 보면, 이미 이성진은 윈도우라는 OS의 존재 가능성을 점치고 있었다.

이전까지 윈도우라고 하면 DOS 기반 커널에 그래픽만 갖다 붙인 조악한 물건이었음에도 불구하고, 이성진은 그것이 앞으로 주력 OS 상품이 될 것을 예견이라도 한 양 그가 인수한 멀티미디어 사업부를 지휘해 아낌없이 관련 소프트웨어 개발 및 개량에 매진했다.

그리고 윈도우가 출시되자, 이태석은 그 가능성에 전율했다.

컴퓨터는 더 이상 전문가들만의 전유물이 되지 않을 것이다.

어쩌면 빌 게이츠의 호언장담처럼, 윈도우엔 한 가정당 한 대씩의 PC가 갖춰질지도 모를 편의성이 내재되어 있었다.

'그리고 더 놀라운 건.'

이성진은 거기에 한발 더 나아가 이미 MS에 종속되지 않는 사용자 환경을 조성하는 중이었다.

'인터넷이 보편화될 것을 고려한 패스파인더 브라우저, 그리고 거의 모든 문서 작업에 대응할 수 있는 한컴 오피스. 거기에 MP3 플레이어와 고사양의 데스크톱 PC 보급 환경까지.'

이는 모두 PC의 대중화를 전제로 한 사업이었다.

'즉, 그걸 전제로 선택과 집중을 통해 몇몇 분야에서만큼은 MS에서 기본 제공되는 성능 이상의 것을 구비해 둔 거야.'

이성진이 CEO의 서명을 요구한 순간, 머릿속에서 퍼즐이

짜 맞춰지며 이태석은 가슴 한구석이 서늘해짐을 느꼈다.

그러고 보면, 어젯밤 모토로라에 디자인을 팔아 치우겠다고 공언했던 건 공공연한 허세가 아니었다.

'녀석의 눈은 이미 세계를 향해 있어.'

이태석이 주먹을 꾹 쥐었다.

'미국의 MS에게 한국이 그저 동쪽의 조그만 반도 국가가 아니라는 걸 보여 주겠단 거지.'

로컬에 한정하더라도 패스파인더 브라우저를 탑재해야 한단 요구 사항은 그 전조였다.

'동시에 이번 협상으로 회사 내에서 내 입지를 굳혀 주고자 함인가. 그야 성공할 경우의 이야기지만……'

거기까지 생각한 이태석은 저도 모르게 혼잣말을 중얼거렸다.

"내 아들이지만…… 무서운 녀석이야."

그 뒤, 이태석은 딱딱하게 굳은 얼굴로 비서실 호출 버튼을 눌렀다.

삑—.

"지금 당장 법무팀과 전략기획팀을 호출해 주십시오."

이태석은 깍지 낀 손을 탁자 위에 얹었다.

'이건 나에게도 큰 도전이 되겠군.'

이성진의 예상과는 달리, 살기등등한 회담이 준비되는 중이었다.

그야 사인(Sign)이라는 영단어의 뜻엔 서명이란 의미가 내재되어 있지만, 한국어에 내포된 뉘앙스는 무척 다름에도 불구하고······.

3장

윤아름의 영화 투자 이야기가 나온 지 며칠 지나지도 않아서, 방준호 감독과 만남이 정해졌다.

김민혁은 사장실에 앉아 멀뚱멀뚱한 얼굴로 나를 쳐다보았다.

"영화 투자?"

"네."

"……흐음. 너 정말 별의별 거에 다 손을 대는구나."

요 며칠, 김민혁은 서초동 삼광전자 본사와 분당의 우리회사를 오가느라 분주했다.

듣자 하니, 이태석이 MS와 협상하는 일 관련해서 자사의 자료가 필요하단 이유였는데, 나로선 그렇게까지 공을 들일 필요가 있을까 의아한 일이었다.

'로컬 전용이긴 해도 패스파인더 브라우저를 넣는 게 생각보다 어려운 모양이군.'

뭐, 본인이 나서서 업무를 진행하겠노라 호언장담했으니 내가 무어라 할 이야기는 아니었지만, 최근 이태석의 귀가도 부쩍 늦어지는 게 설마 내 탓인가 싶을 지경이었다.

그러다 오늘은 장장 며칠에 걸친 MS 측과의 협상이 끝나는 날이라 모처럼 일거리가 사라져, 김민혁은 나름 오랜만에 사후 보고 겸 사장실에 들러 빈둥거리는 중이었다.

김민혁의 밥이나 먹자는 제의를 나는 관련한 이유로 거절했고, 그 과정에 윤아름과 영화 투자 이야기가 나온 참에 대화가 이어지고 있었다.

"그래도 네가 하는 일이니까 이번에도 돈벌이는 되겠지?"

김민혁이 씩 웃으며 이은 말에 나는 고개를 저었다.

"아뇨, 아마 대차게 말아먹을 거예요."

"엥?"

"상업성이 전무한 독립 영화거든요."

김민혁이 턱을 긁적였다.

"그런데도 투자? 왠지 너답지 않네."

어차피 김민혁이 생각하는 '나다움'이라는 건 '돈 안 되는 일은 하지 않는다'는 1차원적인 이야기일 것이다.

그렇다고 '그는 미래에 엄청난 영화감독이 될 거거든요' 하고 말할 수도 없는 노릇이라, 나는 어깨를 으쓱였다.

"당장 이익은 안 날지도 모르지만, 좀 더 장기적인 관점에서 투자하는 거예요. 제가 하는 몇 가지 일의 시작도 그러했고요."

"으음."

김민혁은 잠시 생각에 잠겼다가, 고개를 주억거렸다.

"그래, 그걸 계기로 해서 영화판에 발을 들여놓아 보겠단 의미지?"

김민혁이 씩 웃었다.

"얼추 알 것도 같네. 처음엔 자잘한 독립 영화 투자로 시작해서 나중엔 제작, 배급까지 생각하고 있는 거로군. 여차저차 나중엔 이쪽 브랜드를 앞세운 영화관을 만들어 경영해 볼 수도 있겠고."

그렇게까지 생각하진 않았지만, 꿈보다 해몽이라고 김민혁의 말은 얼추 미래에 있을 국내 대형 영화 배급사를 떠올리게 하는 것이 있었다.

'하긴, 이 시대엔 아직 대형 기업의 영화관 프랜차이즈 경영을 하지 않고 있을 때지.'

전생의 나는 관련해서 지식이 없었으므로 자연스레 영화 배급 사업은 고려하지 않고 있었다.

하지만 김민혁의 이야기를 듣고 보니 어쩌면 해 볼 만한 사업이지 않을까, 하는 생각이 스멀스멀 피어올랐다.

'그나저나 거기까지 짚어 낸 걸 보니, 김민혁도 만만치 않네.'

원래도 그 정도 역량은 있었던 걸까. 아니면 이번 생에서 새로이 배우고 익혀 낸 것일까.

김민혁이 말을 이었다.

"다만, 나로선 성진이 네가 어느 한 영화에 직접적인 투자를 하는 건 리스크가 크다고 봐. 우리가 비상장 회사이긴 하지만, 어쨌건 기업이니 투자와 그 실패에 따른 리스크는 결국 경영 보고서에 올라오기 마련이거든. 하물며 네가 '망할 게 뻔하다'고 호언장담하는 투자니까."

"……음."

투자회사로서 장래를 고려하면, 어쨌건 투자 성과와 실익에 따른 재무제표에 악영향을 끼치는 것도 사실이다.

"그러니 나로선 안전장치를 하나 마련해 두는 게 어떨까 싶은데."

"안전장치요?"

"응. 투자가 아닌, 기부의 형식으로."

김민혁이 싱긋 웃었다.

"영화라는 건 결국 따지고 보면 문화적 가치도 고려되는 거잖아? 마침 우리는 문화와 관련된 재단이랑도 엮여 있는 상황이고."

나는 김민혁이 말하는 바를 알아챘다.

"삼광문화재단 말씀이죠?"

"응, 그거."

급식과 방과 후 교실이 천화국민학교를 넘어 전국 사업으로 확장한 뒤, 재종 이남진은 이태준이 이사장으로 있는 봉효삼광장학재단과 분리된 별도의 재단법인인 '삼광문화재단'의 설립에 이르렀던 바였다.

그리고 지금은 내 비서로 재직하고 있는 윤선희를 통해 우리 SJ컴퍼니 측이 재단에 개입해 있는 상황.

"재단법인을 통한 거라면 투자가 아닌 기부의 영역이고, 어차피 상업성을 고려하지 않을 거라면 방향도 거기 맞춰 보는 게 좋을 거 같아서."

김민혁은 소파에 등을 붙이며 꼰 다리를 까딱거렸다.

"우리야 그런 다음 나중에 영화판의 발이 넓어진 뒤부터 슬쩍 끼어들어 알짜배기만 골라 먹으면 되지 않겠어?"

"음."

"게다가, 이젠 슬슬 세금 문제도 생각해 볼 때고 말이야."

즉, 김민혁의 말은 재단 기부를 통한 간접투자와 그에 따른 세금 감면 두 마리 토끼를 잡자는 의미였다.

'하긴, 아직은 기부금 감세를 세액공제 대상이 아닌 소득공제에 두고 있을 시기이니.'

따라서 이 시기는 기업을 비롯한 대형 법인의 기부에 따른 제세 혜택이 크던 시절이었다.

'그러니 돈을 많이 벌면 벌수록 기부에 따른 감세 혜택도 크단 의미고.'

나중에는 세액공제 대상으로 제도가 바뀌게 되지만, 그건 지금 기준에선 한참 뒤의 이야기다.

비록 방준호 감독에게 직접적인 투자로 은혜를 입힌다는 당초 계획과는 다소 거리가 멀어지겠지만, 김민혁이 제안한 방식으로 진행하는 것이 여러모로 득이 컸다.

'해 볼 만해.'

나는 고개를 끄덕였다.

"알겠습니다. 남진이 형한테 연락을 넣어 봐야겠네요."

"이거, 오랜만에 밥값 한 기분인데."

김민혁은 능청스럽게 히죽 웃었다.

"그럼, 문화재단 건은 윤선희 비서님께 맡기면 되겠고. 우리 사장님은 바쁘신 모양이니까 나는 겸사겸사 둘 사이에 눈치 없이 끼어서 밥이나 얻어먹어야겠다."

눈치 없이?

아하. 그랬던 거군.

천화국민학교에서 함께 일하던 시절, 둘 사이가 묘하단 생각은 나도 해 오던 차였다.

"남진이 형이랑 윤선희 비서, 두 분이 교제 중이어서요?"

"어? 알고 있어?"

"아뇨, 처음 듣습니다. 다만 그렇게 되지 않을까 생각하긴 했거든요."

내 대답에 김민혁은 묘한 표정을 지으며 나를 쳐다보았다.

"흐으음."

"왜요?"

"아니, 뭐."

김민혁은 공연히 겸연쩍어하며 둘러댔다.

"아직 정식 교제라 말한 단계는 아니지만 가끔 둘 사이의 기류가 심상치 않거든. 그걸 뭐라고 하면 좋을까……."

"……썸?"

"썸? 으음, 썸, 썸씽(Something)의 썸인가. 뭔가 있다는 의미……. 가끔 보면 성진이 너는 해괴망측한 신조어를 많이 알더라? 인터넷에 있는 거냐?"

인터넷에서 비롯한 용어이긴 했다.

먼 미래에.

김민혁은 잠시 나를 물끄러미 쳐다보다가 머리를 긁적였다.

"아무튼 의외네."

"뭐가요?"

"네가 똑똑하긴 해도 그런 남녀상열지사 문제는 영 둔감할 거란 생각을 해 왔거든."

그럴 리 있나.

당사자 간의 사생활에 제3자가 끼어들 필요가 없으니, 불필요한 일엔 신경 쓰지 않고 있을 뿐이었다.

'더군다나 애당초 둘 사이에 끼어 일부러 뚜쟁이 노릇을 한 적도 있고.'

김민혁은 다시금 예의 묘한 표정을 지으며 말을 이었다.

"그러면 지금까진 관련해 알면서도 모른 척 넘어가고 말았던 것들도 제법 있겠네?"

나는 어깨를 으쓱였다.

"사생활이니까요. 업무에 지장만 주지 않는다면야 아무래도 상관없는 일이지 않아요?"

"……그렇긴 한데. 방금 말은 안 하는 게 좋을 뻔했다."

내가 뭘.

"뭐, 됐어. 내가 생각하던 거랑은 다른 모양이고."

김민혁이 손목시계를 들여다보았다.

"지금부터 움직이기 시작하면 얼추 시간은 맞출 수 있겠군. 너는 윤아름이랑 감독 미팅에 갈 거지?"

"네. 오늘 했던 재단 건을 포함해 볼 생각인데, 괜찮겠죠?"

"응. 문제없지. 그 부분은 내가 잘 전달할 테니까 신경 쓸 것 없어."

그간 봐 온 김민혁은 유능했고, 때때로는 내 기대 이상의 성과를 가져오기도 했으므로 나는 김민혁에게 일을 맡기기로 했다.

"그럼 그렇게 해 주세요."

"맡겨 둬."

김민혁은 씩 웃으며 자리에서 일어섰다.

"너도 어지간하면 퇴근해. 개학도 조만간일 테고, 어차피 돌아와 봐야 비서님도 안 계실 테니까."

"일이 늦어질 예정입니까?"

"……그런 부분은 참."

김민혁이 고개를 저으며 사장실을 나섰다.

"아, 성진아!"

시저스 VIP룸으로 들어가니, 윤아름이 자리에서 벌떡 일어서며 나를 반겼다.

개인적으론 또 시저스냐, 싶은 생각이지만 윤아름 마음에는 쏙 들었던 모양이었다.

테이블에는 짧게 친 머리에 조금 살집이 있고 안경을 쓴 남자가 앉아 있었는데.

"흠, 흠. 소개할게. 여기 이분이 방준호 감독님이셔."

윤아름이 굳이 나서서 소개할 것도 없이 인상착의가 딱 젊을 적의 방준호 감독이었다.

방준호.

전생에야 명실상부한 국제적 감독이었지만, 지금 그는 아직 입봉도 하지 않은 20대 후반의 파릇파릇한 청년이었다.

그럼에도 불구하고 두 눈에는 총기가 형형해서, 평범한 이목구비와는 별개로 그를 흡인력 있는 카리스마의 소유자로 보이게끔 했다.

'어쩌면 그의 미래를 알고 있는 내 선입견일지도 모르지만……'

왠지 모르게, 나로 하여금 그의 첫인상은 넥스트의 임정주나 AC의 김택진을 떠올리게 하는 면이 없지 않았다.

'설마하니 내게 성공의 가능성 같은 게 보일 리는 만무하고.'

문득 당숙인 이태준이라면 이 방준호 감독을 무어라 평할지가 궁금했다.

'또 용이니 이무기니 뭐니 할지도 모르지만.'

내가 방준호의 인상착의를 눈에 새기는 것처럼, 그도 내 인상을 호기심 가득한 눈으로 티 나지 않게 관찰하고 있었다.

'내 프로필이 좀 유니크하긴 하지.'

자리에서 일어나 있던 방준호가 악수를 청하며 입을 열었다.

"이성진 사장님이시죠? 방준호입니다. 바쁘신 와중에 시간을 내 주셔서 감사드립니다."

나는 방준호가 건넨 손을 맞잡았다.

"이성진입니다. 말씀 많이 들었습니다."

"하하, 예. 저도 아름 양에게 사장님 이야기 많이 들었습니다. 다방면에 조예가 깊으셔서 공사다망하시다고 전하던데요."

말투가 형식적이긴 해도, 그 표현 이면에 나를 애 취급하는 낌새는 찾아볼 수 없었고 어느 정도 진정성마저 묻어나는 느낌이었다.

"어떤 이야기를 들으셨는지는 모르지만, 그렇게 대단치는 않습니다."

"그럴 리가요. 이곳 식당도 사장님이 경영하시는 거라고 들었습니다만."

나는 그 말을 형식적으로 받으며 속에 의도를 심어 대답했다.

"저는 투자만 했을 뿐이죠. 이 가게만 하더라도 컨셉이며 인테리어, 각종 경영 전반에 관해선 동업자에게 일임해 두고 있습니다."

즉, 투자 후엔 일절 갑질이나 터치를 하지 않을 테니까 안심해도 좋단 의미였다.

그러는 방준호도 나름의 의도를 담아 내 말을 받았다.

"사장님의 안목이 뛰어나신 모양이군요?"

"방준호 감독님 같은 분을 뵙게 됐으니, 그런 모양입니다."

"과찬이십니다."

짧은 대화였지만, 나는 전생에 봤던 인터뷰와 각종 프로필을 머릿속에 조합하며 방준호란 인물에 대해 나름의 상을 그릴 수 있었다.

그는 예의 바르지만 비굴하지 않고, 자신의 입장과 능력 수준을 알고 있었다.

'세상에 공짜 점심이란 없다는 걸 잘 아는 사람이지.'

방준호 같은 부류에겐 가타부타 묻지도 따지지도 않고 무작정 큰돈을 투자해 주겠다고 하면, 오히려 경계만 살 뿐이다.

'이런 사람에겐 이쪽에서도 이득이 있다는 걸 인지시켜 줄 필요가 있어. 이거 참, 일방적인 투자는 어렵겠군.'

뭐, 거저먹기가 쉽지 않다는 의미지, 그게 불가능하단 뜻은 아니었지만.

보통, 이런 자리에서 투자자를 만나게 되면 누구라도 조금쯤 주눅 든 기색이 보일 법도 하건만, 방준호에겐 그런 낌새가 보이질 않았다.

오히려 방준호는 이 자리에 오기 전부터 자신의 대본만 보고서 영화에 투자하겠노라고 말했다는 이성진의 저의를 의아해하고 있었다.

'입봉작조차 없는 무명 감독에게 다른 건 보지도 않은 채 영화 대본만 읽고서 선뜻 투자를 해 주겠다고?'

방준호는 그 투자의 연유를 몰라 어리둥절했다.

굳이 장르적 규범을 들먹이지 않더라도, 영화판엔 어느 정도 불문율이 있었다.

영화는 두 가지로 나뉜다.

극장에 걸리는 영화와 비디오 대여점에도 발을 들이기 힘든 영화.

방준호가 생각하기로, 이번에 자신이 기획 중인 영화는 명백히 후자에 가까웠다.

단순히 생각하면 그에게 행운, 그 이상도 이하도 아닌, 호박이 넝쿨째 굴러들어 온 것이나 다름없는 이야기였으나.

이는 너무 대놓고 굴러들어 온 행운이 도리어 미심쩍었다.

'내가 생각해도 이건 사업가의 입맛에 맞는 영화는 아닌데.'

그는 '나 예술영화 감독입네' 하고 거들먹거리는 작자들을 좋아하지 않는 편이었지만, 그럼에도 불구하고 이번에 기획한 〈우리들 이야기〉는 방준호 스스로도 의아해할 만한 물건이 나오고 말았다.

〈우리들 이야기〉는 처음부터 윤아름을 모델로, 그녀의 존재를 염두에 두고 쓴 대본이었다.

여차 저차 지인의 소개로 일하게 된 드라마 촬영장에서, 그는 윤아름을 보자마자 어릴 적부터 줄곧 생각해 오던 인간

관계, 거기서 오는 블랙 유머, 사회의 축소판이랄 수 있는 것을 구상과 얼개, 기획까지 단박에 떠올릴 수 있었다.

그는 인간의 본질이 모종의 위태로움에 놓인 것이라 생각했다.

그 본질이라 함은 컵 속의 물이 찰랑거리며 넘칠 듯 말 듯 표면장력의 한계에 놓인 상황에 한 방울의 물이 똑 하고 떨어져 내리는 상황에 드러난다고 믿었고.

때마침 눈에 들어온 윤아름에겐 그런 경계 선상의 모호함이 깃들어 있었다.

그가 만나 본 윤아름은 그저 귀엽고 연기를 곧잘 할 뿐인 아역 배우가 아니었다.

윤아름은 일찍이 찾아온 그 유명세에 자만하며 거들먹거릴 법했고, 실제로도 촬영장을 돌아다니며 제법 허세 섞인 말투로 아는 체를 해 댔다.

하지만 그녀가 보이는 풋풋한 허세 안에는 방준호가 줄곧 생각하던 위태로움이 잠재해 있었다.

이러한 윤아름의 모습은 어른도 아이도 아닌 사춘기에 이르러 방준호가 생각하던 이미지에 꼭 들어맞았고, 그는 주말이면 쪽방에 앉아 무언가에 홀린 듯 대본을 써 내려갔다.

그 결과, 그는 〈우리들 이야기〉의 대본을 완성할 수 있었다.

또한 방준호 스스로도 이를 제법 잘 풀어냈노라 자부했다.

'대본만 놓고 보면 그렇단 의미지만. 한편으론 상업성을 전제하지 않고 만들어진 아마추어의 작품이야.'

학부생 시절, 영화 동아리에 몸담고 있던 시절이라면 모를까, 영화판에 발을 들이며 종합예술이자 적잖은 기초 자본이 들어가는 영화를 만들고자 한 이상 상업성을 고려하지 않을 수 없는 노릇이었다.

그러니 방준호도 이를 영상화할 생각은 없었고, 이번 일이 나름 좋은 경험이었노라, 윤아름에게 헌정하고 이를 끝내기로 했다.

그런 의미에서 최근 주목받는 아역 배우인 윤아름이 자신의 대본에 흥미를 가져 준 것 자체는 무척 감사할 일이었는데.

「감독님! 우리, 이거 영화로 만들어요!」

윤아름은 눈을 반짝반짝 빛내며 그렇게 말했다.

잠깐 경험 삼아, 또 돈을 벌 요량으로 드라마 조감독 일을 하고 있는 그에게 구태여 '감독님' 하고 불러 주는 그녀 앞에서 방준호는 대놓고 '어려울 거 같다'는 말을 하는 게 어려웠다. 그래서 둘러댔다.

「투자처를 알아보곤 있는데, 조금 어려워.」

「그래요? 저는 되게 마음에 들었는데. 사람들 보는 눈이 없네요.」

아니. 오히려 조금이라도 보는 눈이 있다면 투자를 고사하지 않을까.

방준호는 그 말을 속으로 삼켰다.

잠시 생각에 잠겼던 윤아름은.

「그럼, 우리 사장님한테 투자해 달라고, 제가 말해 볼게요.」

하고, 다소 어처구니없는 이야기를 꺼냈다.

음.

윤아름의 소속사인 SJ엔터테인먼트는 업계에선 신생 회사였는데, 신생인 것치곤 이것저것 손대는 곳이 많다는 풍문이 들려오곤 했다.

그렇다고 해서 이 바닥에 오랫동안 짬밥이 쌓였던 사람은 아닌 듯했고, 한편으론 윤아름도 매니저로 조폭(마동철) 같은 사람을 데리고 다녀서 왠지 뒷세계의 위험한 출신은 아닐까, 생각하던 차였다.

「걱정 마세요. 걔, 아니 우리 사장님 돈 많아요. 게다가 우리 사장님은 제 말 한마디면 껌뻑 죽거든요.」

당시만 해도 윤아름 특유의 풋풋한 허세라고 생각했다.
아마 그녀의 말과는 달리, 결과는 반려를 당하고 말 거란
생각. 방준호는 공연한 일을 하고 만 건가 조금 자책했다.
그 이야기가 나오고 얼마 지나지 않아 윤아름이 방준호 앞
에 우쭐대며 손가락으로 브이 자를 그렸다.

「단박에 OK 사인이 떨어졌어요. 에헴, 제 말이 맞죠?」

그때부터 방준호의 위화감이 시작됐다.
'단박에 투자를 결정했다고? 으음. 영화 좀 안다 하는 부
자의 향락이거나, 아니면…… 소속 여배우에게 흑심을 품고
잘 보이려 무리하는 것이라거나.'
전자의 경우라면 차라리 그러려니 하겠지만, 후자의 경우
라면 위험한 일이었다.
'소속 배우, 하물며 미성년자인데.'
하지만 천진한 미소를 짓고 있는 윤아름 앞에서 대놓고 그
런 걸 물어볼 수는 없는 노릇이라, 방준호는 빙 둘러 물었다.

「사장님이 영화에 관심이 많으신가 보구나?」
「어, 음. 글쎄요?」

윤아름이 고개를 갸웃하더니 히죽 웃었다.

「아마 잘 모를 거예요. 이것저것 아는 건 많은 거 같은
데…… 영화는 문외한일걸요? 사실, 처음 만날 때만 하더라
도, 메소드가 뭔지도 몰라서 제가 알려 줘야 했거든요.」

설마, 일부러 모른 척해 준 거겠지.
윤아름이 의기양양하게 말을 이었다.

「이번 경우는 제 미인계가 통했단 뜻이죠. 글쎄, 걔, 아니,
우리 사장님이 '제가 마음에 들어 했으니까 투자해 주는 거'
라고 말했다니까요. 우히히.」
「…….」

…….
이거 위험한 거 아니야?
그래서 방준호는 이 자리에 오기 전까지만 하더라도, 어쨌
건 정의감이며 의리로라도 윤아름을 보호해 줘야 한단 생각
을 하고 있었는데.

「이 빌딩 우리 사장님 거예요.」

생각보다 거물이었고.

「이 식당도 우리 사장님 거예요.」

사업가로서 수완도 있는 듯한 데다가.

「아, 그리고 이건 서프라이즈! 하려고 했는데, 실은 우리 사장님 저보다 연하예요.」

……그건 당황스럽다 못해 황당할 지경이었다.

그리고 실제로 얼굴을 마주한 이성진은.

'진짜로 애잖아?'

그것도 무척이나 잘생긴.

'소속사 사장과 배우의 연애가 바람직한 건 아니지만, 애들인 걸 감안하면 뭐.'

그나마 안심이 되는 방준호였다.

게다가 이야기를 나눠 보니, 이성진은 나이에 걸맞지 않게, 아니 오히려 성인에 견주어도 손색이 없을 만큼 영특했다.

'계기야 윤아름에게 잘 보이려 한 것이라 치더라도.'

다만, 오히려 그렇기 때문에 윤아름의 이미지를 더 신경 쓰고 있을지 모를 일이다.

'그 정도는 감안해야지.'

그러잖아도 촬영 때 으레 있곤 하는 불필요한 갑질이 없게 끔 사전에 조율해 둘 필요가 있다는 건 선배들로부터 귀에 못이 박이도록 들어온 터였다.

'나중에 엎어질 바엔 차라리 지금 미리 말해 두는 게 나아.'

그래서 방준호는 관련해서 조심스럽게 협상을 해 보고자, 자리가 적당히 무르익을 무렵 입을 뗐다.

"사장님, 대본은 읽어 보셨습니까?"

"아, 예. 물론입니다. 저도 대본을 읽어 본 뒤 내린 결정이 니까요."

방준호는 고개를 끄덕였다.

"예. 혹여 연출 방향에 대해 의견이 있으시다면, 구체적인 기획에 앞서 미리 말씀해 주시는 편이 일정 조율에 도움이 되리라 생각합니다."

그런데 그 말이 나오자마자, 이성진이 기다렸다는 듯 대답 했다.

"아뇨. 저는 손댈 것 없이, 영화 제작에 관해선 방준호 감독님께 일임할 생각입니다."

응?

이성진의 말은 어떤 의미로는 다소 의외였다.

어쨌건 영화 투자자들이라고 하면 '제작에 참여한다'는 기분이라도 내 보려 안달이기 마련이었다.

그래서 영화판엔 투자자가 불필요하게 사사건건 간섭하며 대본을 뜯어고치거나 하는 일이 비일비재했고, 방준호로선 사전에 이를 조율해 보려 한 것이었는데.

이성진이 말을 이었다.

"사실, 저야 투자자입네 하고 감독님 앞에 앉아 있긴 합니다만 영화에 대해선 무지하거든요. 그러니 저 같은 아마추어가 영화 제작에 끼어들어 이런저런 말을 쏟아 내는 것도 우스운 일이니까요."

"그렇습니까."

정말로 흑심에서 시작한 일이었구나, 방준호는 고개를 끄덕였다.

이게 바로 부자의 순애보인가.

한편.

이성진은 방준호가 자신을 떠보는 모습을 보며 생각했다.

'역시나 내 저의를 의심하고 있군. 그로서도 이번 영화가 상업적으론 재미를 못 볼 거란 걸 잘 아는 듯해.'

그래서 이성진은 이 자리에 오기 전 준비해 둔 이야기를 꺼내 들었다.

"조금 무례할 수 있는 이야깁니다만, 말씀드려도 괜찮겠습니까?"

"괜찮습니다. 말씀하시죠."

"예. 솔직히 말씀드리자면, 저는 이번 영화에 상업성은 고려하지 않고 있습니다.”

“…….”

둘러대는 법 없이 직설적으로 꽂아 대는 말이었다.

'인정하는 바이긴 하지만.'

방준호는 씁쓸함을 미소로 감췄다.

그래도 투자자로선 이보다 좋을 수 없는, 바람직한 대상이
었다.

피차가 어린애인 걸 배제한 채 소속 배우랑 연애 중인 것
만 제외한다면.

이성진은 담담한 얼굴로 말을 이었다.

“그렇긴 해도, 사업가로서 손실 운운할 것까진 갈 필요가
이야기입니다. 사실, 저는 직접적인 투자가 아닌 기부를 통
한 간접투자를 고려 중이거든요.”

본격적인 이야기에 방준호가 되물었다.

“기부…… 말씀입니까?”

“예. 얼마 전 제가 소속된 삼광 그룹에서 삼광문화재단을
출범했습니다.”

소속된? 삼광 그룹?

그즈음해서, 방준호는 그제야 이성진의 배경을 짐작할 수
있었다.

'아, SJ엔터테인먼트. SJ컴퍼니……. 맞아. 삼광의 이휘철
회장이 은퇴 이후 경영고문 형식으로 경영하는 계열사가 있

었지…… 이거 참, 생각보다 거물이었군.'

한편.이성진은 방준호가 이 모든 것을 알고 있다는 걸 전제한 듯 말을 마쳤다.

"그리고 이번 영화 투자는 삼광문화재단을 통해 이루어질 겁니다. 그러니 방준호 감독님께선 이번 영화 제작에 아무런 타협 없이 임해 주셨으면 하는 바람입니다."

말을 마치고 싱긋 웃어 보이는 이성진을 보며, 방준호는 그제야 납득했다.

'즉, 완전히 원금 손실까진 보지 않겠다는 거군. 또한 동시에…….'

이성진은 보란 듯 미소를 지었다.

"또 대본이 훌륭했다는 것도 분명하고요. 이런 작품이 상업성이 없다는 이유만으로 세상의 빛을 보지 못한다는 건 어느 쪽으로 보나 여러모로 큰 손실이죠."

아무렇지도 않게 얼굴에 금칠을 해 주기까지.

그러면서 이성진은 윤아름을 보았다.

"더군다나 이번 일을 마치면 저희 배우에게도 좋은 커리어로 남을 수 있고요."

한편 윤아름은 조금 서운한 듯 입을 삐죽였다.

"그래도 그렇지, 돈이 안 되는 영화라니, 너, 내 앞에서나 감독님 앞에서나 말이 너무 심한 거 아니야?"

"아니, 짚고 갈 건 짚고 넘어가야지. 상업성이 작품성을 대변하는 건 아니잖아?"

"그래두."

"게다가 투자의 주체가 바뀌면 오히려 제작 환경도 스무스해질 거야. 결과적으론 누님에게도 득 될 이야긴걸."

"……치. 흥이다, 흥."

방준호는 가만히 생각에 잠겼다.

'거기까지 고려하고 있었던 건가. 그래, 재단법인에 기부하는 형식의 투자라면 이성진 사장의 입장에서도 손해만 볼 이야기는 아니란 거지. 아니, 오히려 좋아. 흑심이건 어쨌건 계기야 그렇다 쳐도, 나로선 감사할 일이지. 이로써 부담 없이 작품에 임할 수 있는 환경이 조성되었어.'

한편으론.

저 티격태격하는 모습을 보고 있으려니.

'……그런데, 사귀는 사이 맞나?'

아니, 그냥 애들이니까 그런 것뿐인가.

'하긴, 애들한테 어른의 연애 잣대를 들이미는 것도 우습지.'

그러면서 방준호는 요즘 애들이 조숙한지 아닌지 잘 모르겠단 생각을 했다.

"……해서, 요즘은 감독이 아닌 제작사의 시대라고들 말하고 있는 거지."

계약에 대한 부담을 덜어서일까, 아니면 축하 겸 주문한

와인—윤아름과 나는 에이드로 대체했지만—이 한 잔 들어
가서일까.

방준호는 '말씀 놓으세요' 하는 내 말에 기다렸다는 양 '그
럴까?' 하고 반응해 왔고, 애주가로 이름 높은 그는 약간의
취기와 젊은이다운 치기가 더해져 사뭇 유쾌한 모습을 보여
주고 있었다.

"그래서 성진이 네가 삼광 그룹 사람이라는 걸 들었을 땐
슬슬 삼광도 충무로에 발을 들이지 않을까, 생각했어."

"저희가 삼광전자의 자회사긴 하지만, 경영 면에서 크게
얽매여 있진 않아요."

뭐, 비록 MS 건은 눈 뜨고 코 베이듯 이태석에게 빼앗기
고 말았지만. 어쨌든.

"내 입장에서 이야기하자면 그것도 시대의 흐름이라고 생
각은 해."

방준호가 말을 이었다.

"영화는 갈수록 배급사와 거대 자본에 종속되는 형태로 변
모해 갈 거야. 5~60년대 할리우드가 그랬거든."

"아, 예."

"삼풍, 아니 삼풍은 망했지, 하하, 상품. 응, 상품으로서의
영화도 나쁘진 않지만, 그 뭐냐, 그렇다고 누벨바그 운운하
며 작품성에 치우친 이른바 자기만족형 영화도 그들만의 리
그란 생각이고. 가장 이상적인 건 두 가지를 병행하는 거라

고 할 수 있는데…….”

내가 말이 통한다고 생각했던 걸까, 아니면 이럭저럭 마음에 들었던 걸까.

그는 주사와 친애가 오락가락하는 말투로 곧잘 떠들어 대고 있었다.

“그러는 나도 이번 영화는 우리 아름 씨를 보면서 ‘이거다’ 하고 써 내려간 감이 없잖아 있어서…… 사실 이게 영화화가 가능할 거란 생각은 하지 않았지만 말이야, 하하.”

윤아름이 픽 웃었다.

“뭐, 그러면 나중에라도 유명 감독이 되었을 때 콜하셔도 됐잖아요?”

방준호가 씩 웃었다.

“그건 어렵지. 이건 지금의 아름 씨가 아니면 안 되는 거라서. 지금 이 시기가 아니면 보여 줄 수 없는 것들도 있기 마련이거든.”

그가 나중에라도 〈우리들 이야기〉를 영상화하지 않은 건 그런 연유였다.

“그런 이유로 촬영 일정은 조금 빡빡하게 잡을 예정이야. 계절도 고려해야 하고.”

“상관없어요.”

윤아름이 어깨를 으쓱였다.

“하드한 스케줄은 익숙하니까요. 그것도 누구 덕분에 말이지만요."

그러면서 윤아름이 나를 향해 눈을 흘겼는데, 나는 물 들어올 때 노 저은 것밖에 하지 않았다.

방준호는 그런 우리를 보며 방긋방긋 웃는 얼굴을 하더니, 내게 물었다.

"사장님도 괜찮지?"

나는 고개를 끄덕였다.

"저희 배우의 스케줄 문제라면 이쪽에서도 차질이 없게끔 조율해 보겠습니다."

"……."

방준호는 나를 멀뚱멀뚱 쳐다보다가 와인을 홀짝였다.

"그런 의미로 물은 건 아닌데……."

"예?"

그런 의미가 아니라면 무슨 의미가 있단 걸까.

"그게, 지방 촬영도 몇 가지 예정되어 있어서."

"아, 그런 거군요."

나는 고개를 끄덕였다.

"예산 문제라면 추후 자세한 일정이 나온 뒤에 상의해도 될 것 같습니다만."

"아니, 그게 아니라……. 촬영에 들어가게 되면 아름 씨가 서울에 있는 시간이 짧아질지도 모른단 의미야."

방준호의 말에 나는 잠시 생각하다가 동의했다.

"예, 그렇겠군요. 로케 촬영이라면…… 그래도 최대한 아름 누님의 학업에는 지장이 없게끔 해 주셨으면 합니다."

"응?"

"아무리 그래도 의무교육 정도는 문제없이 수료했으면 하거든요. 저도 최대한 아름 누님의 의향을 반영하긴 하겠지만, 개인적으론 학생이기에 배우고 경험할 수 있는 것도 중요하다고 생각해서요."

"……건전하구나."

건전?

……묘하게 핀트가 어긋난 느낌이 든다.

뭘까, 생각하며 나는 고개를 끄덕였다.

"그렇죠. 아름 누님도 학교는 다녀야 하니까요."

"……아, 혹시 같은 국민학교?"

"아닌데요."

"흐음, 아니, 그렇다면 냉정한 건가?"

"냉정하다뇨?"

방준호가 멋쩍은 얼굴로 머리를 긁적였다.

"둘이 사귀는 사이잖아?"

……뭐래.

내가 어처구니가 없다 못해 멍한 사이, 윤아름이 벌떡 일어섰다.

"무, 무, 무슨 말씀이세요?"

"엥, 아니야?"

"아니거든요!"

윤아름은 다시 도로 자리에 털썩 앉으며 나를 힐끗 쳐다보았다.

"또, 이런 꼬맹이는 제 취향도 아니고요."

나 또한 마찬가지다.

그건 윤아름이 장성한 뒤에도 마찬가지였고.

그야, 윤아름은 머지않은 미래에 자타공인의 매력적인 여배우로 거듭나게 되겠지만, 내 취향은 뭐랄까, 좀 더…….

"휴우, 벌써부터 스캔들이 나다니, 이게 인기의 방증이라는 걸까."

그러면서 윤아름의 귓바퀴가 발갛다.

"성진이 너도 한마디 해."

"뭐어."

나는 건성으로 대꾸했다.

"그 의혹의 대상이 나라서 다행이네."

"……응?"

어쨌건 이 자리에서 해명할 기회도 생겼고, 이건 다른 녀석과 비밀리에 연애 중일지도 모른단 의혹을 불식시키는 이야기이기도 했으므로.

'저번에 물었을 땐 없다고 말했지만, 본인 입에서 나오는 거랑 타인의 입을 빌려 듣는 건 또 다른 이야기니까.'

나는 딱 잘라 말했다.

"보시다시피 그런 거 아니니까, 관련해선 신경 안 쓰셔도 됩니다."

방준호는 묘한 얼굴로 나를 쳐다보다가 히죽 웃었다.

"두 사람이 그렇다면야, 그런 거로 알고 있을게."

저 표정은 어떻게 해석해야 하는 걸까.

그 뒤로 방준호는 와인 한 병을 모조리 비운 뒤에야 자리에서 일어섰다.

「그럼 세부 사항은 삼광문화재단을 통해 전달하도록 할게.」

「예, 기다리겠습니다.」

우리는 악수를 나누고, 윤아름의 입장을 고려해 식당 뒷문에서 헤어졌다.

'이렇게 해서 영화판에도 발을 걸치게 됐군.'

발을 걸친 상태이긴 했지만, 아직 본격적인 한 걸음을 내디딜 시기는 아니었다.

이 시기, 수많은 대기업이 영화 산업의 가능성을 보고 발을 들였다가 IMF가 터지면서 울며 겨자 먹기로 철수해야 했다.

그중에서 2010년대까지 발을 빼지 않은 몇몇 대기업만이 남아, 국내 영화 시장은 대기업이 배급, 제작, 유통까지 도맡아 진행하는 그들만의 독과점 시장이 만들어지게 된다.

'한국 영화 시장이 전 세계가 바로미터로 참조할 정도로 성장하는 것 자체는 맞지만.'

한국 영화 산업의 본격적인 태동은 99년, 영화 〈쉬리〉가 당시 기록적인 관객 몰이로 흥행에 성공한 이후였다.

'아마 내가 살던 시대 기준으로 성적을 매기자면 천만 관객도 거뜬했겠지.'

하지만 이미 국내 유수의 대기업은 IMF를 계기로 영화 시장에서 발을 내뺀 상황이었고, 당시만 해도 천문학적인 제작비인 30억 원을 유치하기 위해 이런저런 PPL이며 협찬으로 제작비를 충당해야 했다는 이야기를 나도 어디선가 들었던 바.

'그때 투자했던 곳이 금일 그룹이었지. 그러다가 금일은 나중에 그 분리된 계열사인 GT로 영화 사업을 넘겼고…….'

그리고 GT는 이후 외국계 회사와 합자해 설립한 브랜드인 GGV를 통해 국내 영화관 멀티플렉스 사업의 선두 주자로 거듭나게 된다.

한편, 삼광 그룹의 경우는 이것저것 벌여 두는 사업도 많은 주제에 영화 관련해선 일치감치 발을 뗐단 것으로 기억한다.

삼광 그룹 역시도 VCR 기기의 태동과 함께 영화 산업에 적잖은 흥미를 보였던 적이 있었으나, 당시 회장이던 이휘철의 반대로 무산되었다.

「그런 건 배가 불러야 하는 거야.」

실제로도 그의 사후인 IMF 직후 숱한 대기업들이 발을 내뺐다는 걸 감안하면 훌륭한 안목이었다고 생각할 수 있겠으나, 한편으론 그런 이휘철도 IMF 이후의 미래까지 내다보진 못했다.

'IMF를 바라보고 있는 이휘철도 전지전능하진 않단 의미지.'

이젠 내 회사의 경영고문이 된 이휘철이 이번 사업을 두고 무어라 평할지가 궁금하긴 했다.

'하기야 나로서도 한국인의 영화 사랑은 이해하기 힘들 지경이고. 뭐, 역사는 이미 바뀌는 중이니까.'

우선은 삼광문화재단을 통한 간접투자로 인맥과 제작 환경을 확보해 두고, 2000년대 이후 인프라가 쌓이면 제작사로서 본격적인 움직임을 시작해 봐도 좋을 것이다.

동시에.

'잠깐. 삼광 그룹 내에 예전 조직의 흔적이 남아 있진 않을까?'

어쨌건 손을 대려 했다는 것 자체는 분명했으므로, 관련 조직이 남아 있다면 관련한 사업권을 당겨 올 수 있을지 모른다.

'음. 당분간은 직배(직접 배급)시장도 노려 볼 만하고.'

이 시기, 국내 직배의 신화라고 하면 역시 〈쇼생크 탈출〉을 빼놓을 수 없다.

〈쇼생크 탈출〉이야 내가 살던 시절엔 자타가 공인하는 명작의 반열에 올라 있으나, 94년 개봉 당시만 하더라도 다른 작품에 밀려 큰 주목을 받지 못한 영화였다.

그래서 〈쇼생크 탈출〉의 제작사인 콜롬비아 픽처스가 처치 곤란해하던 참에 국내 신생 배급사가 이를 5천만 원이라는 헐값에 사들였고, 그 결과는 모두가 알다시피 대박으로 이어졌다.

더군다나 올해 초 케이블방송 개통 이후, 각종 신생 채널이 생겨나는 중이었다.

마침 시기도 맞아떨어져서, 이후 〈쇼생크 탈출〉은 각종 케이블 채널이며 지상파에 재방송되는 단골이자 효자 상품으로 거듭나게 된다.

나로선 시기상 알고서도 사업에 개입할 명분도, 그럴 만한 겨를도 없던 시기라 이는 꽤나 배가 아픈 일이었다.

'그러니 〈타이타닉〉만큼은 내가 사들여야지.'

내 기억에 〈타이타닉〉의 국내 개봉이 99년이니.

'조금 바쁘게 움직여야겠어.'

다만 지금은 극장 프랜차이즈 사업까지 생각하기엔 여윳돈이 부족한 상황.

그렇다고 이 시기에 은행 대출은 위험한 일이었다.

IMF가 오기 전까지 원금 회수를 하지 못하면, 그 악명 높은 줄도산도 남의 일이 아니다.

'정 뭣하면 바른손레코드의 투자를 끌어내는 것도 한 가지 방편이긴 하지만.'

생각하고 있으려니.

"앞으론 뭐 할 거야?"

"우선은 직배."

"응?"

나는 조금 뒤늦게 윤아름의 말을 깨닫곤 둘러댔다.

"아니, 사업 구상 중이었어."

"흐응."

윤아름은 팔짱을 꼈다.

"넌 정말 머릿속에 일 생각밖에 없구나? 그게 재밌니?"

"재미있다고 말하기보단 해야만 하는 일이야."

"……특이한 애야, 정말."

윤아름은 쓴웃음을 지으며 내 손에 들린 방준호 감독의 사인을 힐끗 쳐다보았다.

"사업 외엔 관심도 없어 보이면서, 별의별 걸 다 챙기고. 내 사인은 필요 없니?"

"이미 작년에 받은 거 있잖아."

"콩쿠르 때? 아직 가지고 있어?"

"응. 설마 매년 갱신하는 거라든가?"

"……그런 건 아니지만."

그러고 보니 오늘 MS랑 미팅이 끝나는 날이라고 했지.

'이제 빌 게이츠 사인까지 손에 넣는 건가.'

제법 흐뭇한 일이었다.

"웬 음흉한 웃음. 징그러."

"내가 뭘."

"됐어. 아무튼. 넌 이대로 회사에 갈 거지? 물어보나 마나 지만."

"아니. 나는 이대로 퇴근."

오늘은 비서도 없고, 개학을 앞둔 상황이라 급한 일은 다 처리해 둔 상태였다.

윤아름은 고개를 끄덕이더니, 나를 힐끗 쳐다보았다.

"그래? 마침 나도 스케줄이 비어 있는데……. 아, 그렇지. 〈꼬마유령 캐스퍼〉 보러 갈래?"

그러면서 윤아름은 손가락으로 머리카락을 빙빙 꼬았다.

"뭐어, 나도 영화 이야기가 나온 김에 이왕 공부나 해 볼

겸해서. 영화 작법이랑 드라마 작법의 차이에 대한 심도 깊은 공부라고 할까, 내 안의 드라마 배우로서 스위치를 영화 배우의 스위치로 바꾸는 작업이라 할 수 있는 거거든.”

“음.”

장황하긴 하나, 나쁘지 않은 제안이었다.

나로서도 직접 현장의 분위기를 알아 두는 건 큰 공부인 셈이고.

“그럴까, 그럼.”

“정말?”

윤아름은 눈에 띄게 반색하더니, 새침한 얼굴로 고개를 돌렸다.

“……아니, 보나 마나 이번에도 한군네 부를 거잖아. 내가 모를 줄 알고.”

“왜, 부를까? 핸드폰으로 부르면 오긴 하겠다만…….”

“아니!”

윤아름이 황급히 내 말을 가로챘다.

“흠, 흠, 아니, 그게 아니라, 걔들도 걔들 일정이 있을 거고, 이번엔 배역 연구 차원에서 진지한 감상이 필요해서. 나중에 이를 천천히 혼자서 내재화할 필요가 있거든.”

“내재화?”

“응. 하긴, 성진이한텐 단어가 좀 어렵나? 뭐, 그 정도야 어쩔 수 없지.”

〈꼬마유령 캐스퍼〉를 감상하며 진지한 배역 연구라니.

설마하니 벌써부터 CG 기술이 보편 활성화될 미래를 내다보는 건가.

훌륭하다.

"다만 대배우 윤아름 씨와 영화 관람이라. 구설수 오르기 딱 좋겠는데?"

"걱정 마."

윤아름이 씩 웃으며 선글라스를 꼈다.

"이거면 되지 않겠어?"

영화 감상 뒤, 원래라면 저녁까지 먹어도 됐겠지만 내재화가 필요하다고 말한 바 있는 윤아름을 배려해 일찍 헤어지기로 했다.

그걸 두고 '눈치도 없'다느니, '꼬맹이'라느니 하는 소릴 들었지만, 뭐 어쩌라는 건지.

"다녀왔습니다."

집에 돌아오니, 오늘따라 일찍 귀가한 이태석이 있었다.

"음, 왔느냐."

그는 편안한 복장으로 갈아입고, 이제는 보육원 비슷하게

된 이 집 거실에서 한성진과 함께 아이들과 놀아 주는 중이
었다.

"왔어?"

"이성진 오빠~!"

"오빠!"

"아부부."

"베에."

나와 동갑인 한성진에 아홉 살 난 한성아를 필두로 세 살
배기인 이희진, 그리고 아직 걸음마를 떼기도 전인 이하진,
이유진 쌍둥이들까지.

이렇게 보니 이 넓은 집도 제법 복작거렸다.

이러니 이태석이며 사모의 말마따나 독립도 고려해 봄 직
한 이야기다.

나는 내게 달라붙는 한성아와 이희진을 안아 주며 이태석
을 보았다.

"일찍 오셨군요."

"음."

아이들로부터 해방된 이태석은 담담한 얼굴로 말을 이었
다.

"먼저 서재로 가 있을 테니, 너도 적당한 때로 찾아 오거
라."

그러면서 이태석은 곧장 서재로 향했다.

그건 마치 때맞춰 애들을 피해 달아날 구실을 얻었다는 느낌이기도 했고. 한편으론.

'MS랑 계약이 잘된 건가?'

이태석도 이를 내색하지는 않았지만, 그 담담한 얼굴에 묘한 자부심 같은 것이 어려 있었기에, 그러려니 생각했다.

나로서도 윤아름과 일찍 헤어지고 돌아오길 잘했단 생각이고.

'뭐, 조금 어려운 계약이긴 했지만.'

MS와는 단순 유통만 할 예정임에도 불구하고. 자체 브라우저 탑재 등 이쪽의 요구 사항은 결코 작지 않았으니까.

한성진은 피곤에 찌든 얼굴로 나를 보았다.

"애들이랑 놀아 주는 거 왜 이렇게 힘드냐."

너도 애다만.

"기가 빨려 가는 기분이야."

"안동댁 아주머니는?"

"잠시 나가셨어. 사모님도 친정에 다녀오신댔고. 마침 사장님이 일찍 오셔서 다행이긴 했는데……."

전생에는 손이 가는 어린애라고 해 봐야 이희진이 고작이었고, 한성아는 제법 머리도 굵고 크게 손이 가는 편이 아니어서 안동댁 혼자 애들을 돌볼 수 있었으나.

이번 생엔 거기에 더해 쌍둥이까지 추가된 상황이니 따로 고용인을 두어야 하지 않을까.

집안에 고용인을 들이는 문제는 사모가 생각할 이야기긴 하지만.

'안동댁도 연로하고……. 마침 그 시기이기도 해.'

나는 구원을 청하는 한성진을 애써 외면했다.

"뭐어, 나는 아버지랑 사업차 논의할 게 있으니까 계속 수고 좀 해 줘. 나도 다녀와서 좀 도울 테니까."

"쩝."

적당히 옷을 갈아입고 서재로 갔더니 이태석은 책상에 앉아 나를 반겼다.

"오늘에서야 MS와 계약을 마쳤다."

예상한 대로 이태석은 계약 체결 건을 언급했다.

"네가 제시한 요구 사항이 다소 어렵긴 했지. 그 바람에 조금 오래 걸렸다만."

내가 요청한 빌 게이츠 사인 건이 제법 지난했던 모양이었다.

MS 측도 참 융통성 없네, 싶으면서도.

나는 꾸벅 고개를 숙였다.

"번거롭게 해 드려 죄송합니다."

"아니다. 내가 책임지기로 했으니 그 정도는 응당 해 보여

야지."

이태석은 책상 위에 놓인 계약 서류를 내게 내밀었다.

"우선, 유통 건은 우리가 맡기로 확정했다."

이태석이 말을 이었다.

"일단은 국내에 한정해 패스파인더 브라우저를 기본 탑재하기로 했고, 그렇다고 인터넷 익스플로러 브라우저를 완전히 배제할 수는 없어서 이는 선택 사항으로 넣을 수 있게끔 해 두었지."

"예."

어렵긴 했겠으나, 거기까진 우리가 가진 MS의 지분을 앞세워 어떻게든 권리 주장을 할 수 있는 내용이었다.

"어쨌건 패스파인더 브라우저도 완성도 면에서는 인터넷 익스플로러에 결코 뒤처지진 않으니까. 오히려."

이태석은 그 협의 과정이 제법 흥미로웠다는 양 얼굴에 희미한 미소를 머금었다.

"윈도우 환경에 완벽하게 맞물려 돌아가는 소프트웨어를 보며 잠시 할 말을 잊더구나."

이태석의 프리젠테이션 기술이 빛을 발했던 모양이다.

이태석은 MS 관계자 앞에서 패스파인더 브라우저와 윈도우 환경에서 호환되는 한컴 오피스를 시연해 보였고, 이는 '지분만을 앞세워 계약을 수정하려는 것인 양' 생각하던 그들의 입을 합죽이로 만들었다고, 내게 간략히 전했다.

'뭐, 그야 처음부터 윈도우를 염두에 두고 만들었으니까.'

거기에 윈도우가 만든 인터넷 익스플로러 UI 등은 내가 특허를 쥐고 있으며 이제는 제법 쏠쏠한 효자 상품으로 거듭난 휠 마우스 환경에 적합했으니.

내 미래의 지식까지 더해져, 몇몇 부분에선 사용자 편의성 측면에서 그들을 월등히 앞서 있을 것이다.

"그 외에 MS는 그쪽 지분과 합작한 별도의 법인을 만들었으면 하더구나. 그 부분을 조율하느라 다소 애를 먹었다."

"그랬어요?"

"음. MS는 당초 별개의 법인을 만들어 유통할 생각이었던 모양인데, 그런 걸 감안하면 이럭저럭 양측이 만족할 만한 협의점을 찾아낸 셈이지. 게다가."

이태석이 씩 웃었다.

"그쪽도 이번에 시연한 자사 소프트웨어를 보더니 차라리 이번 기회에 제대로 된 기술제휴를 해 보는 건 어떻겠느냐 이야기가 나왔거든."

"예에?"

기술제휴라니.

내가 생각한 것 이상으로 일이 커졌다.

그런 논의까지 나왔다는 건, 생각보다 이번에 출장 온 MS 관계자의 직급 권한이 높았던 모양인데.

"더군다나 성진이 네가 SJ소프트웨어를 통해 해 놓은 사업 노하우에 제법 관심이 있던 모양이더구나."

사업 노하우?

"음, 네가 일본 콘솔 게임을 유통하면서 했던 PC 이식이며 또 그걸 온라인 크라우드 펀딩이라는 것을 통해 했단 것도 퍽 신기해했고. 그걸 구체적으로 사업화해서 추진해 보는 건 어떻겠냐는 이야기가 별도로 나오긴 했다."

내가 했던 건 인터넷이 보편적으로 상용화한 것이 전제되었던 시대에 있었던 일이니.

인터넷으로 할 수 있는 일의 가능성에 목말라 있을 그들에겐 그 정도로도 제법 구미가 당기는 일이었던 모양이었다.

한편으론.

"거기까지 알아냈다니 상당히 구체적이군요. MS도 자료 조사를 많이 했나 봐요?"

내 말에 이태석은 고개를 저었다.

"그렇진 않아. 그들이 보기에 한국 시장은 주목할 가치가 크지 않은 곳이었지. 이번 계약으로 직원 몇몇이 미국까지 출장을 다녀오며 전했던 내용이다."

의외로, 제법 본격적이었다.

이태석이 말을 이었다.

"그쪽도 어쨌건 빌 게이츠에게 직접 서류가 올라갔으니까."

"예?"

이태석은 나를 물끄러미 쳐다보았다.

"네가 빌 게이츠의 사인이 필요하다고 하지 않았느냐?"

"……"

그렇긴 한데.

빌 게이츠의 사인을 받으러 미국까지 갔다고?

굳이?

그 정도는 국제우편을 통해도 될 일이고, 차차 전달받아도 될 일이었다.

그야, 겸사겸사 했다면 할 말이 없지만, 그런 걸 겸사겸사 처리할 수는 없는 노릇이고.

……뭔가 일이 묘하게 돌아간다.

"아, 그렇지. 계약서 마지막 페이지를 봐라."

그제야 나는 다시 계약서를 들춰 보았고, 마지막 서명란에 적힌 영문 필기체를 확인할 수 있었다.

'빌 게이츠의 사인이다!'

아니.

그야 사인이긴 한데, 이는 내가 생각했던 '사랑을 담아, 빌 게이츠' 같은 성질의 물건이 아니었다.

말 그대로 서류에 기입된 업무상의 서명.

내가 벙벙한 얼굴로 이태석을 바라보니, 이태석은 자부심이 은근하게 묻어나는 얼굴로 피식 웃었다.

"결국 네가 바란 대로, 빌 게이츠의 직접 승인을 받은 서류가 됐다."

"……어, 음."

"왜, 네가 바란 일 아니었니?"

서명이 아니라 사인을 바란 건데요.

나는 이태석에게 차마 그런 말을 할 수가 없어서, 미소를 짓느라 부단한 애를 썼다.

"아뇨, 맞아요. 그랬어요."

"흠."

이태석은 나를 물끄러미 쳐다보다가 의자에 등을 붙였다.

"그래서 결과적으론 CEO의 승인하에 윈도우 유통 및 유지 관리용인 'MS ASIA'라는 법인을 세우기로 협의했다. 동아시아 쪽 MS의 판매 권한을 맡되 삼광전자와 SJ, MS가 각각 3 : 3 : 4의 비율로 지분을 나눠 갖는 회사지."

"……."

"조금 마음에 들지 않을 수도 있겠지만, 어쨌건 내가 맡은 일이었으니 너도 수긍하도록 해라. 어차피 이번 일은 네 당초의 계획과는 달리 너 혼자선 할 수 없었던 일이었을 테니까."

그러면서 이태석은 삼광전자의 몫으로 3할의 지분을 챙긴 것에 명분을 내세우고 있었지만,

'마음에 들고 말고 할 게 있나.'

내 당초의 계획은 유통 과정에서 SJ가 제 몫을 받아 내는

정도 선에서 한국 시장 독점 정도만 고려했던 것이었는데.

이 시기의 일본까지 제치고 동아시아 권역에 권한을 갖는 유한회사라니.

게다가 MS의 지분 비율이 4할쯤 되었지만, 삼광전자와 합치면 오히려 이쪽이 앞선다.

즉, MS 측에선 이쪽과 진지한 파트너십을 고려하고 있다는 의미였다.

'전생엔 생각도 못 한 일이야.'

이건 밭 갈다가 유전을 발견한 꼴이 된 셈이었다.

'이태석의 말마따나 나라면 할 수 없었을 일이군. 아니, 애초에 이 정도까진 할 생각이 없었단 것에 가깝지만.'

더군다나.

'오히려 좋아. 게다가 나중에 닷컴 버블이 올 때 비싼 값으로 떠넘겨 버릴 수도 있고.'

다만, 그 조건으로 내세운 것이 기술제휴.

이태석이 거둔 성과와는 별개로 나는 그가 무언가 몇 가지, 그들에게 양보한 것이 있을 거라는 걸 눈치챘다.

게다가 서류의 마지막 페이지, 내 몫의 서명란은 공란.

나는 이 자리에서 이 두껍고 장황한, 영문 서류를 읽어 가기 전에 이태석에게 물었다.

"기술제휴의 조건에 포함된 저희 회사의 자산이 있나요?"

"……녀석."

이태석의 쓴웃음을 보며 나는 예상했던 바이긴 했지만 가슴이 덜컥 내려앉는 기분이었다.

'설마하니 무선사업과 관련한 이야기는 아니겠지? 아니라고 해 줘.'

이태석이 천천히 입을 뗐다.

"뭐, 작진 않지."

"……그렇군요."

"음."

이태석은 마지못해 그러듯 말을 이었다.

"네가 특허를 쥐고 있는…… 휠 마우스의 지적재산권을 공유했으면 하더구나."

"……예?"

"그 정도는 타협해야 했다."

이태석이 고개를 저었다.

"그들이 구상한 사업 방향엔 휠 마우스의 편의성을 전제로한 것들이 있으니까. 그렇다곤 해도 장기적인 관점에서 큰손해는 아닐 게다. MS가 기획 중인 부속품 시장의 북미 유통망을 확보할 수 있다면 결과적으로 파이 자체가 커지는 일이니까."

"……."

에이, 그 정도야 뭐.

휠 마우스가 내게 제법 짭짤한 수익을 안겨다 주는 것은 사실이었지만, 다른 것에 비할 바는 아니었다.

어차피 원래부터 삼광전자에 OEM을 맡겨 수익을 나눠 먹는 구조였고, 오히려 아쉬운 건 내가 아닌 이태석의 삼광전자다.

게다가 이태석의 말마따나 휠 마우스의 라이센스 일부를 포기하는 조건으로 북미 시장의 유통망에 접근할 수 있다면야.

"그럼 사인할게요."

"엥?"

이태석은 그답지 않게 얼빠진 소릴 내뱉었다가 얼른 표정을 고쳤다.

"아, 그래. 그러려무나."

나는 이태석이 내민 만년필을 받아 마지막 페이지 서명란에 사인을 써 넣었다.

이로서 계약서 마지막 페이지엔 이성진, 이태석, 빌 게이츠 세 사람의 이름이 나란히 기입된, 어떤 의미로는 역사적인 계약서가 완성되었다.

"저, 그런데."

"이번엔 또 뭐냐?"

"계약서 사본은 빠른 시일 내에 주시겠죠?"

이태석은 생뚱맞은 소릴 다 한다는 양 나를 쳐다보다가 고개를 끄덕였다.

"그래, 이번 주 내에 주마."

"네."

그래서 형태상으론 어쨌건, 빌 게이츠의 사인을 손에 넣게 됐다.

'……남들 앞에서 자랑은 못 하겠지만.'

4장

"도련님, 식사하세요."

외출을 다녀온 안동댁은 시간이 되자 평소처럼 방으로 찾아와 아무렇지 않은 것처럼 내게 말을 붙였다.

"네, 금방 내려갈게요."

"예."

"아, 그리고 안동댁 아주머니. 저녁 후엔 잠시 제 방으로 와 주시겠습니까?"

"네? 아, 예. 알겠습니다."

안동댁은 조금 의아해하긴 했지만, 가볍게 옷장 정리를 하려나 보다, 생각하는 듯했다.

안동댁 아주머니는 제법 오래전부터 이 저택을 지켜 온 사람이었다.

사모가 이성진을 출산하기 전, 이 저택이 지어질 당시부터 '회장님 일가'를 모셔 왔으니 일가와는 제법 오래된 인연이랄 수 있었다.

서울 근교에 야채 장수 남편이 있고, 슬하엔 장성한 딸이 둘 있었으나 몇 해 전 시집을 갔다.

이 집에서 나오는 월급이 아주 넉넉하다고 볼 수는 없었지만, 기본적인 월급 외에 숙식이 제공되는 환경이라는 건, 쌓이고 쌓이다 보면 생각 외의 목돈이 만들어지기 쉽다.

안동댁은 그 돈으로 계(契)를 들었다.

사실상 한국형 사모펀드(私募fund)—자본과 관련한 사적 모임이라는 뜻풀이대로 해석하자면—라고 부를 수도 있을 이 시스템은 대한민국의 황금기인 이 시기, 가장 성행했다고 볼 수 있는 펀드 시스템이었다.

계모임은 친분 있는 소수의 사람들끼리 돈을 모아 목돈을 만들어 이를 투자해 수익을 내는 구조인데, 모임에 든 사람끼리 돌아가며 곗돈이라 불리는 목돈을 운영하게 되고, 이 목돈에 이자를 붙여 모임 내 다음 순번 사람에게 넘기는 식으로 조직이 운영된다.

구조 자체는 나쁘지 않으나.

다만 세상일이라는 것이 이론대로만 흘러가지는 않는 법이다.

오죽하면 '게임이론'처럼 인간의 욕망을 이론화하려는 학문적 시도가 있을까.

'곗돈 들고 날랐다'는 말이 관용구처럼 쓰이는 시대가 온다.

이 '계모임'의 폐해는 미디어에서 다뤄질 정도로 사회적 문제로 대두되며, IMF를 전후로 극대화한 뒤 내가 살던 시대에 이르러선 종적을 감춰 기업형 펀드 매니저로 그 자리가 옮겨 가게 된다.

운명이란 알고 보면 진부한 이야기다.

안동댁은 이 계모임의 피해자가 될 예정이었고, 십수 년간 이 집에서 일하며 모아 둔 목돈을 몇 년 뒤, 한순간에 날려 버린다.

안동댁은 그녀의 남편이 중풍으로 쓰러진 뒤, 이 계모임을 통해 남편의 입원 치료비를 충당할 생각이었으니 하루아침에 하늘이 무너져 내리는 기분이었을 것이다.

당시 사모는 '제게 말을 하지 그랬어요' 하며 씁쓸한 말을 중얼거렸지만.

오히려 고용인의 입장에서 유소년기를 지내 본 나는 그런 것이야말로 이 집안의 가풍과 어울리지 않는 이야기라는 걸 알고 있었다.

이번 생만 하더라도.

사모가 한성아를 귀여워하며 백화점에서 옷을 사다 주려

할 때 이태석은 '고용인 간의 형평성'을 이유로 들어 반대했던 전적이 있다.

결과적으론 사모가 대범하게 '그럼 모두에게 사다 준다'는 식으로 유야무야 넘어갔지만, 이 일화는 고용인과 주인집의 관계를 단적으로 보여 주는 단면이었다.

이태석의 말마따나 한솥밥을 먹는 '식구'라곤 하지만, 가족은 아니다.

아니, 오히려 가족 간에도 서로의 영역을 존중해 주며 상호 간섭하지 않는단 불문율이 버젓한 집안이었다.

'그런 가풍이니 별다른 간섭을 받지 않고 내 사업을 꾸려 나갈 바탕이 되었던 것이지만.'

하물며 고용인과 주인의 관계에서 '선'을 넘지 말아야 한다는 건 이곳에서 무조건 따라야 할 수칙이었다.

비록 이번 생에 들어서선 내 변화와 한군네를 대하는 은근한 특혜로 좀 흐지부지된 감이 없잖아 있지만, 근본적인 면은 변하지 않았다.

안동댁 역시도 계산상, 남에게 손을 벌리지 않아도 남편의 병원비와 본인의 노후 자금을 마련하기 충분하다는 생각이었을 것이다.

그러다가 그 '흔한 일' 때문에 모든 것을 잃고, 이런저런 심부름비, 식탁에 올라오는 찬거리, 고용인들에게 제공되는 특별 수당 등등. 집안에 새는 돈을 딴 주머니로 챙기게 된다.

고용인들을 관리하는 중간관리자의 입장이니, 몰래 가져다 써도 티가 나지 않을 것들이 무엇인지는 꿰듯이 알고 있었으리라.

하지만 안동댁의 패착은 다른 곳에 있지 않았다.

그녀가 지금까지 너무도 성실하고 투명하게 임해 왔던 탓에, 사소한 변화만으로 그 덜미를 잡히고 말았다.

결과론이지만, 차라리 그러기 전에 사모 말마따나 그녀에게 말이라도 붙여 보았더라면 모르겠으나.

이 모든 전말이 사모에게 알려지고 난 뒤엔 이미 늦었다.

전생에도 은근히 속정이 깊던 사모였으니 그녀를 경찰에 넘기는 것까진 하지 않았지만 안동댁이 행했던 건 이 집엔 '푼돈'이라고 할지라도 엄연히 범죄였고, 이 집안과 쌓였던 신뢰 관계를 저버린 배신이었다.

그날로 안동댁은 짐을 챙겨 이 집에서 쫓겨났다.

여파는 한성진이던 시절의 내게도 닥쳤다.

「천것들은 이래서 문제야.」

당시 이성진의 심정에 끼쳤던 악영향은 대단해서, 이는 그의 사춘기와 맞물리며 고용인을 대하는 태도—특히 나—가 극명하게 바뀌기 시작했다.

어릴 적부터 유모처럼 자신을 챙겨 준 안동댁의 배신이 그 시절 이성진의 심리에 적잖은 영향을 끼쳤으리란 건 어렵지 않게 짐작할 수 있다.

'마찬가지로 그게 행위를 정당화할 요소는 결코 아니지만.'

지금은 안동댁의 남편이 중풍으로 쓰러진 시기.

그녀가 곗돈을 떼이고 집안의 새는 돈을 주머니에 챙기기 시작한 건 이로부터 몇 년 뒤의 이야기다.

사연 없는 범죄자가 얼마나 되겠느냐마는 그 자체를 옹호할 생각은 추호도 없다.

생계형 범죄라 할지라도 어느 정도 정상참작은 할지언정 그것이 용서받을 수 없는 까닭은, 그것이 같은 환경에서도 꿋꿋이 자신의 힘만으로 살아가는 사람들을 모독하는 행위이기 때문이다.

그렇다고 해서, 일어나지 않을 수도 있는 일을 두고 누군가를 단죄할 기회를 기다리는 것도 이상한 이야기.

'이 시점엔 아직 하지도 않은 일이고, 계획은 추호도 없었을 테니까.'

개인적이고 감정적인 이야기지만, 한성진이던 시절엔 안동댁의 도움을 많이 받았다.

몰래 간식을 챙겨 주거나 한성아를 씻기고 입히는 일, 이 집안의 숨 막힐 듯 엄격한 규칙 속에 숨통을 트이게 해 준 것엔 여느 다른 고용인보다 안동댁의 도움이 컸다.

이후 이성진의 괴롭힘이 극심해진 것도 그녀가 의도한 바는 결코 아니었을 것이다.

안동댁의 범죄는 내게도 큰 충격이었다.

한성아나 나는 그 시절 어머니의 부재로 인한 심리적 대체재를 안동댁으로부터 찾았는데, 안동댁이 불미스러운 일로 이 집에서 쫓겨난 건 내게 두 번째의 상실이었다.

어머니에 관한 기억이 없는 한성아의 충격은 말할 것도 없을 것이고.

'그러니 안동댁이 아니라 두 남매를 위해서라도 예방할 필요는 있어.'

그러니 진즉, 그 단초부터 뿌리 뽑아 버리면, 일어날 일은 일어나지 않는다.

내 행동으로 운명이 바뀌는 건 이번 생에 들어 질리도록 실험하고 겪어 본 바였다.

'다만 구실이 필요할 뿐이지.'

안동댁에게 몰래 목돈을 덥석 쥐여 주는 건 어렵지 않으나, 그런 방식으론 안 된다.

쉽게 얻은 돈은 쉽게 나가기 마련이고, 내가 쥐여 준 목돈이 또다시 곗돈으로 증발하지 않으리란 것도 장담할 수 없는 일이니.

'뭐, 관련해서 구상 중인 건 있으니, 겸사겸사 처리해 볼까.'

나는 방에서 나와 식당으로 향했다.

저녁 식탁은 평소처럼 자연스럽게 사업 이야기로 흘러갔다.

이 이야기에 낄 수 없는 사모는 조금 불만스레 입을 삐죽이긴 했지만, 그건 이태석이 들을 잔소리니 그의 몫으로 남겨 두자.

"그래, MS라."

SJ컴퍼니 경영고문이라는 감투를 만끽하고 있던 이휘철은 빙긋 웃으며 말을 이었다.

"이야기를 들으니 제법이구나. 협상이 어려웠을 텐데, 태석이 너도 이번 일을 계기로 한 단계 성장했겠군."

이젠 삼광이 아닌 SJ컴퍼니 소속이라 그러는 걸까, 이휘철은 그답지 않게 이태석에게 공치사를 늘어놓았다.

이태석은 그 칭찬에 조금 당황하면서도, 그 칭찬에 인색하던 양반의 변화가 싫지는 않은 양 입가를 씰룩이며 대답했다.

"아뇨. 이것도 어디까지나 성진이 녀석의 계획 아래 있던 것뿐입니다."

"그래?"

이휘철이 히죽 웃는 얼굴로 나를 보았다.

"내 생각엔 그냥 빌 게이츠의 사인이나 받자고 했던 말을 태석이 네가 과잉 해석한 거 같은데."

속이 뜨끔했다.

이 영감은 정말로 사람 속을 읽는 건가.

그 말에 이태석이 픽 웃어 버렸다.

"그럴 리가요. 아무리 그래도 업무 중에 그런 사적인 부탁을 할 리가 없잖습니까."

죄송합니다. 지극히 사적이었습니다.

"뭐, 농담은 이쯤 하고. 어쨌건 사업의 목표는 크게 잡는 편이 좋지. MS측으로서도 수요상 삼광이 가지고 있는 D형 반도체가 필요할 테니 말마따나 성진이 녀석이 협상을 진행했다면 이 정도 결과가 나오진 않았을 게다."

"예. 윈도우 발매로 PC의 수요가 늘어나는 상황이니까요."

하긴, 이태석과 이휘철의 말마따나 내가 직접 나섰더라면 입장상 그 정도 성과는 얻어 내지 못했을 것이다.

'사랑을 담아, 빌 게이츠' 사인 정도는 얻어 냈을지 모르지만.

"그래도 한동안 패스파인더 브라우저를 써먹진 못하겠구나. 어찌 조건은 따냈다지만 한국은 아직 이렇다 할 통신망 환경이 구축되지 않은 상황이니까."

"예. 그래서 한동안은 자사의 BBS 서비스를 병행할 예정입니다. 정부의 광통신망 사업이 궤도에 오르고 나면 그 수요가 급증하겠죠."

"음. 그래도 미국은 해 볼 만하겠지. 그쪽에서도 넷스케이프와 인터넷 익스플로러로 경쟁을 해야 할 테니, 견제용으로 패스파인더 브라우저를 들이미는 것도 고려해 봄 직할 거다."

"아버지께서는 3파전을 예상하는 겁니까?"

"사실상 2파전이지. 패스파인더 브라우저는 기술제휴라는 명목이긴 하나 MS에 종속된 형태나 다름없고."

이휘철이 끌끌 웃었다.

"나중엔 인터넷 익스플로러와 패스파인더, 두 브라우저를 합칠지 말지를 놓고 경쟁이 붙게 되면 그때 가서 목줄을 쥐고 흔들어 보려는 심산이겠지."

"……."

이태석은 잠자코 고개를 끄덕였다.

이휘철의 분석처럼 패스파인더는 독립된 브라우저 OS가 아닌, 현재로선 그 사용권이 MS ASIA에 계약으로 묶인 형태였다.

이태석은 당초 협상 카드로 패스파인더 브라우저를 윈도우에 탑재할 것을 조건으로 내밀었고, MS가 '기술제휴'라는 명목하에 패스파인더 브라우저를 꿀꺽 흡수하는 것은 시간 문제였다.

'그래도 나쁠 건 없지. MS도 한동안은 넷스케이프를 견제

하기 위해 우리와 손을 잡겠지만, 나중엔 파이어폭스와 크롬이 끼어들며 다시금 3파전이 될 거야.'

삼광으로선 몇 년 안에 그들이 가진 지분과 MS가 가진 지분 사이에서 패스파인더 브라우저의 저작권을 두고 다투게 되겠지만, 적당한 값을 치러 가며 MS에게 넘기는 것도 장기적으론 나쁘지 않다.

'서버 관리 같은 건 MS가 맡아 주겠단 의미이기도 하고. 스타트는 우리가 빨랐지만 유지 관리와 발전 측면에서 본격적인 경쟁이 붙기 시작한다면…… 실리콘벨리의 자유분방함이 필요해질 거야.'

이휘철이 입을 열었다.

"그러면 브라우저 OS야 그렇다 치고, 성진이 네가 가진 오피스 프로그램이 있지? 그건 어떻게 할 거냐."

나는 담담히 대답했다.

"예. 한컴은 엄밀히 말해 저희와 분리된 별개의 법인 소프트웨어이니 따로 협의를 해야 할 필요가 있습니다."

"그것만큼은 이쪽이 패를 쥐고 있구나."

의도한 바는 아니었지만.

하긴, 의도라고 하면, MS와 이 정도 협의를 끌어낸 것도 내 의도가 아니었으니.

이태석이 그 말을 받았다.

"그래도 일단 확장자 간의 상호 호환성 문제는 고려해 볼 필요가 있다. 뭐, 너라면 그에 대한 대비는 이미 해 두고 있겠지만."

"예. 우선은 당장 북미에 진출하기보단 유럽을 생각하고 있습니다."

"유럽이라. 그래, 유럽이라면 MS에서도 크게 관여할 명분을 찾기 힘들 테니……."

관련한 이야기가 무르익고, 사모가 들으라는 듯 접시를 달그락거리기 시작하자 이태석은 눈치껏 화제를 전환했다.

"아, 흠, 그래. 그러고 보니 성진이 네 독립과 관련해서인데……."

때가 됐군.

나는 젓가락을 내려놓았다.

MS 계약이며 방준호 감독과의 만남이 있었던 그사이, 이야기만 오가던 한성진과 내 독립이 결정되었다.

독립이라고는 하나, 미성년자에 불과했기에 현재로선 서명화가 미국에서 대학을 졸업하고 귀국 후 보호자로 나설 예정이었다.

그러니 아무리 빨라도 내후년, 내가 중학생이 될 시점에서야 제대로 된 이야기가 나올 것이다.

나 또한 국민학교 졸업이 머지않은 시점에 이사에 전학까지 결행하는 건 내키지 않았고, 이는 슬슬 자신만의 방을 갖고 싶어 하던 한성진도 동의하는 바였다.

이곳이 넓은 집이긴 했으나 유럽의 귀족식 대저택을 표방하며 지은 집은 아니었고 마침 쌍둥이도 태어났겠다, 나로선 줄곧 생각해 오던 독립에 그럴 듯한 명분이 생겨 기꺼워하던 차.

이휘철의 경우, 오히려 딱히 반대하는 일 없이 오히려 합리적인 판단이라고 생각하며 '그러도록 해라'라고 흔쾌히 수락했다.

이태석이 말을 이었다.

"집은 알아보고 있는 거냐?"

"예. 분당 쪽에 신축한 아파트를 생각하고 있어요."

"아파트? 흠, 아파트라."

아파트를 마련하겠다는 이야기에 이태석은 다소 탐탁잖아하는 눈치였다.

사모는 그런 이태석을 보며 적당히 끼어들었다.

"당신도 참. 요즘은 아파트도 제법 넓고 살기 좋아요. 저도 이런저런 학부모 모임이 있어서 몇 번 가 봤는데, 제법 괜찮더라고요."

"뭐, 한국에선 아파트를 잘 짓고 있긴 하지. 나도 그렇다곤 들었는데."

"젊을 때 고생은 사서도 한단 말이 있잖아요? 제 생각엔 적당히 60평 정도 되는 아파트라면 나쁘지 않을 거 같아요."

중학생 둘과 성인 여성 한 명이 60평가량 되는 아파트를 이용하는 게 사모 기준의 '젊어서 하는 고생'이라.

물론 그녀에게 그 정도의 금전 감각도 없다는 의미는 아니었고, 사모가 말하는 '고생'이라는 건 이 집에서 누리던 각종 인프라—숙(宿)은 물론이거니와 식(食), 청소 등의 자질구레한 일까지—를 포기하고서 독립하는 것까지 포함하는 이야기겠지만.

그렇다곤 해도 아무렇지 않게 60평형 아파트를 최소 기준으로 삼아 이야기가 불쑥 튀어나온다는 건 재벌가의 사고방식이겠지.

'사모가 고시원 쪽방을 보면 무슨 표정을 지을지가 궁금하군.'

이태석은 잠시 생각하다가 고개를 끄덕였다.

"그렇긴 하지만, 처제 혼자서 사춘기 남자애 둘을 보살피는 건 조금 어렵지 않겠어?"

나 또한 서명화의 가사 실력은 기대하지 않는다. 라면은 끓일 줄 알까.

'아마 전생에 쌓아 올린 내 자취 실력이 빛을 발할 때가 되겠지. 그건 둘째 치더라도.'

나는 그즈음해서 끼어들었다.

"한동안은 며칠에 한 번씩 가사도우미가 와 줘도 괜찮지 않을까요?"

"며칠에 한 번?"

"네. 한 번씩 오는 김에 밑반찬류만 조금 가져다주면 충분할 거 같아요."

이마저도 나로선 타협이었지만.

사모가 고개를 갸웃했다.

"으응, 그야 집이 좁으니 상주하는 가사도우미를 들일 수 없다는 것까진 알겠지만 왜, 매일이 아니고?"

"……아뇨. 우선은 따로 가사도우미를 고용하는 것보단 저희 집의 지원을 조금 받을까 해서요."

"하긴, 모르는 사람보다는 서로가 익숙한 사람이 좋겠지."

우선은 뼛속부터 금수저인 사모와 이해관계를 좁히는 것부터 시작했다.

"예. 다만 분당이라곤 해도 아주 가까운 거리는 아니니까, 매일 찾아오는 건 서로에게 부담이 되지 않을까 싶었거든요."

"으음, 하지만."

사모가 미간을 찡그렸다.

"너, 밥은 할 줄 아니?"

아무리 그래도 내가 그 정도도 못 할까.

아직은 일제 코끼리 밥솥이 현역인 시대라곤 하지만, 이럭저럭 전자밥솥이 개발되는 시기였다.

하지만 현재 내 입장은 '손에 부엌물 한 방울 묻혀 본 적 없는' 금수저였으므로 잠자코 사모의 말을 기다렸다.

"아무리 곤궁하다곤 해도 밥은 매일 새로 지은 걸 먹어야지. 엄마는 우리 아들이 찬밥 같은 걸 먹는 건 생각하고 싶지 않아."

찬밥이 어때서.

가끔은 더운밥보다 맛있구만.

그러나 이 정도 반발은 사모의 행동 패턴에서 예상하던 바였으므로, 그즈음 나는 새로운 아이템을 꺼내 들기로 했다.

"마침 관련해서 개발한 게 있어요."

"개발?"

"네. 당고모님이랑 저랑 차린 식품 개발 회사가 있거든요."

"아…… 그리고 보니 들은 것 같기도 한데."

사모는 다시 사업 이야기가 나올 기미가 보이기 시작하니 조금 언짢아하긴 했으나, 이번 이야기는 내 독립과 무관하지 않은 내용이라서 그나마 참고 넘어가려는 듯했다.

"그래서, 어떤 걸 개발했단 거니?"

"잠시만요. 다혜 누나?"

나는 뒤에서 기립해 있는 고용인을 불렀다.

"아, 네. 도련님."

"주방에 가면 제가 가져다 놓은 즉석밥이 있을 거예요. 전자레인지에 1분 30초 정도만 돌려서 가져와 주시겠어요?"

그렇잖아도 고용인들 사이에서 내가 가져다 놓은 정체불명의 플라스틱 용기(즉석밥)를 두고 이런저런 이야기가 오갔던 차에, 그녀는 마침내 사용법을 알게 된 것이 기껍다는 양 고개를 끄덕였다.

"네, 다녀오겠습니다."

나는 작년 말쯤 이미라의 신화식품과 SJ컴퍼니의 자본을 합쳐 'S&S식품'을 발족한바 있었다.

신화식품은 규모 면에서 제니퍼의 본가인 해림식품에 비할 바는 아니었으나, 냉동 완제품을 주로 취급하는 해림식품과 달리 전국 곳곳의 각종 신화호텔 체인에 신선 식품을 유통하는 점에 있어선 국내 최정상에 손꼽히는 기업이었다.

'더군다나 신화식품은 사모의 친가인 뉴월드백화점에도 고급 식자재를 일부 유통 중이고.'

그런 신화식품과 합자해 설립한 S&S식품은 신화식품의 노하우와 그들이 선점 중인 유통 구조에 기인한 새로운 사업을 구상 중이었다.

'이른바 레토르트 제품이지.'

국내 전자레인지의 보급에 힘입어, 나는 앞으로 있을 1인 가구의 확대까지 고려, 나아가 가정간편식(Home Meal Replacement, HMR) 시장까지 염두에 두고 있었다.

지금 사모에게 내놓을 건, 그중 모든 레토르트 제품을 통틀어 단연 1위 효자 상품이랄 수 있는 즉석밥이었다.

그사이.

"즉석밥?"

잠시 잠자코 있던 이휘철이 흥미를 보였다.

"또 뭔가 개발한 모양이구나. 하긴, 미라 걔도 국내에 편의점이 들어설 당시부터 뭔가를 하려던 모양이긴 했지. 이번엔 전자레인지만으로 완성되는 걸 만든 게냐?"

"예, 그렇습니다."

"흐음."

그때 이태석이 조금 탐탁잖은 얼굴을 했다.

"그 자체는 새로울 것이 없는데. 레토르트 형식의 밥이라는 건 다른 곳에서도 개발한바 있지 않느냐?"

90년대에 들어, 내가 급식 사업 관련해 명분을 들었던 때와 마찬가지의 이유로 여러 기업이 레토르트 식품에 주목하기 시작했다.

그중에 나온 대표적인 것이 오뚜이 그룹의 '3분 요리' 시리즈로, 이 시점에도 관련 상품은 이미 선점 기업에 의해 확장 가능성이 끝난 듯 보였다.

개중 즉석밥의 경우, 이휘철의 말마따나 이미 '완성'된 것이 있긴 했으나.

이는 사실 냉동 볶음밥의 확장선에 있는 것으로 내가 알고 있는 즉석밥에 비하면 맛이며 편의성 부분에서 기대에 한참 못 미치는 수준이었다.

그런 적잖은 대중의 눈높이에 맞춘 즉석밥이 출시된 건 96년, 신화식품의 연구개발팀이 개발한 즉석밥인 햅반이었다.

햅반은 출시되자마자 대한민국 밥상의 일대 패러다임 혁신을 불러일으켰고, 나중엔 브랜드 상품명이 즉석밥의 대명사처럼 쓰이게 될 지경에 이른다.

하지만.

전생에는 어떻게 흘러갔는지 모르나, 이번 생엔 역사가 바뀐 탓인지 그 과정에 적잖은 우여곡절이 있었다.

올해 초, 이휘철이 병석에 누워 있고 또 그 직후 이태석이 삼광전자 내부 단속으로 바쁘게 움직이는 사이.

봉효삼광장학재단의 이태준.

삼광건설의 이태환.

신화호텔의 이미라.

이 세 사람은 이휘철의 부재중 있었던 삼광 본사의 주주총회에서 제법 노골적으로 이태석의 손을 들어 주었다.

이태석과 모종의 거래가 있었던 이태환은 차치하더라도, 당시 이태준과 이미라 두 사람이 이태석의 편을 들어 준 것엔 내 영향이 있었으리라.

'전생엔 이태석이 계열사 모두와 감정의 골이 패는 방식으로 일을 처리했던 것으로 기억하는데.'

그런 의미에서 이태석은 불필요한 수고를 덜었다는 식의

얼굴을 했으나, 그로서도 적잖이 안도하는 눈치였다.

그렇다고 전생엔 코빼기도 보이지 않던 그들이 이제 와서 혈육의 정 운운하는 것도 우스운 일.

'어쨌건 이태준의 장학재단은 이남진을 통해 나와 깊이 엮여 있는 상황이고. 이미라 역시도 나와 합자해 S&S식품을 설립한 상황이니 내 아버지인 이태석과 불필요한 마찰을 빚을 필요가 없단 판단이었겠지.'

그래도 결과적으론 이태석에게 큰 힘이 되어 준 주주총회였다고, 나는 유상훈 변호사에게 전해 들었다.

이미라와 만난 건 그 주주총회가 있고 얼마 뒤, 이휘철이 깨어나고 삼풍백화점 문제로 다소 골머리를 싸매던 시절이었다.

"바쁘게 지내는 모양이구나."

나는 이미라와 호텔에서 만났다.

이번엔 예의 관계자 외 출입금지 지역에 있던 이미라의 단출한 사무실이 아닌, 호텔 양식당 내부의 VIP룸이었지만.

이미라는 내게 '밥이나 먹자'며 구실을 들어 나를 호텔까지 불러냈던 차였다.

당시 그녀로선 삼광 그룹의 경영권을 놓고 아귀다툼이 벌어지는 상황에 이태석의 장자인 나를 공공연히 사무실로 부르는 걸 저어하는 눈치였고, 그러니 한동안 거리를 두고 있던 참에 사업상 필요했던 이번 만남을 당종(堂從) 간의 정으로 나를 불러낼 구실 삼은 모양이었다.

사실 이것도 어디까지나 구실일 뿐, 그녀는 내게 '소개해 주고 싶은 사람이 있다'며 사업상의 명분을 에둘러 말한 바였다.

내 또래의 여자애일 리는 만무하고.

'혹은 삼광 그룹의 경영권과 나를 분리해서 구분하는 의도가 깃든 제스처라거나.'

나는 이미라의 말을 얌전히 받았다.

"제가 바쁠 게 뭐 있나요."

"후후."

이미라가 미소를 지었다.

"그런 것치곤 얼마 전에 네 소개로 온 일본인 손님 둘도 받았는걸."

그때 소개로 온 일본 손님이라고 하면 패킷몬스터의 사토루 일행 이야기였다.

나중에 메일을 받으니, 프런트에서 내 손님이라는 이야기를 듣자마자 지배인이 나서서 로얄 룸을 내주었다고.

나는 이미라가 언급한 이들을 떠올리며 고개를 꾸벅 숙였다.

"그땐 감사했습니다. 요청이 다소 갑작스러웠을 텐데……."

내 인사에 이미라는 쓴웃음을 짓더니 손을 저었다.

"아니야. 생색이나 내려고 한 말이 아니라, 기뻐서."

이어서.

"네 아버지는 어릴 적부터 뭐든 혼자서 하려고 했거든."

이미라는 잠시 옛일을 떠올렸는지 회한에 젖은 눈을 했다.

"그래서 이번에도 나는 태석이가 뭐든 혼자서 하지 않을 까, 걱정했는데. 그래도."

이미라가 미소 띤 얼굴로 말을 이었다.

"이번엔 그렇지 않은 것 같아 다행이지. 성진이 너는 안 그랬으면 좋겠다."

"⋯⋯예."

원래라면, 이태석은 '혼자서 할 수 있는 일'을 찾아 방법을 강구했을 것이다.

그 과정에 작정하고 그룹의 지분을 긁어모았다면 할 수는 있었겠지만, 그건 전생에서 나오는 결과처럼 추후 많은 진통 을 불러 일으켰으리라.

'그 결과 이성진의 동생인 이희진이 신화호텔을 인수한 것 도 그 승계 과정과 무관하지 않아.'

이태석은 내 생각 이상으로 치밀하고 능력 있는 남자다.

'국내 대기업' 수준에 머물던 삼광 그룹을 글로벌 기업으로 일컬어질 레벨까지 키워 낸 건 오롯이 그의 능력이었다.

'그가 이휘철의 후광을 업었을 뿐인 남자라면, 아마 IMF 때 도산했거나 기업 규모가 대폭 축소되었겠지.'

하지만 그 과정은 순탄치 않았고, 전생의 그는 회장으로 올라가는 길에서 이휘철 못지않은, 아니 어쩌면 그보다 더 지독하게 패권을 휘둘렀고, 결국 고독해졌다.

이태석의 카리스마에 의해 유지되던 삼광 그룹은 구심점이 사라지자마자 흔들리고, 무너져 내리기 시작했다.

결국엔 그 여파로 이성진의 죽음까지 이어지는 파장이 이어졌다면.

이는 억측일까, 아닐까.

'이성진의 암살을 사주한 것이 누구인가 하는 건 아직도 오리무중이지만.'

이성진의 죽음은 전생의 이태석이 식물인간 상태로 그저 생명 연장의 호흡기만 단 상황에 이뤄졌다.

아닌 말로, 눈앞의 이미라 또한, 어쩌면 전생에 이성진의 암살을 사주한 배후일 가능성도 배제할 수만은 없었다.

그러니 나로선 적진 한가운데 있는 상황이라고도 볼 수 있었지만.

그런 내 속내를 알 턱이 없는 이미라는 미소 띤 얼굴로 말을 이었다.

"그래서 태석이도 이젠 좀 부드러워졌나, 싶었단다. 아차, 아들 앞에서 할 이야기는 아닌가?"

"괜찮아요. 못 들은 걸로 할게요."

"후후후, 그래."

반쯤 농담처럼 나온 이야기였지만 사실, 이미라의 말에는 나도 전적으로 동의하는 바였다.

이번에 그가 친척들이 내미는 손을 순순히 맞잡은 건, 장기적으로 보았을 때 나로서도 고무적인 이야기였으므로.

'그 탓에 그룹의 지분을 약간 손해 보긴 하겠지만, 사실 삼광 그룹의 매출 태반은 삼광전자에서 나오는 것이었으니까.'

의도했든 아니든, 삼광전자에 집중하기로 마음먹은 이태석은 결과적으로 실리를 챙긴 셈이었다.

'이번 생 들어서 이태석도 퍽 유해졌어.'

이미라가 말을 이었다.

"사실, 나는 그래서 성진이도 그런 거 아닐까 생각했는데. 유전이라는 것도 있고."

"제가요?"

"그런데 그런 걱정은 할 필요가 없더구나. 어찌 상윤이랑도 화해한 모양이던데?"

"아, 예. 뭐."

그 말에 나는 왠지 머쓱해졌다.

그건 어떻게 보면 시저스 건은 이진영의 중재에 더해 허상윤이 먼저 화해의 제스처를 취했다고도 볼 수 있는 거여서, 나로선 어른스럽지 않았단 생각을 하고 있던 이야기였으므로.

'더욱이 당시엔 내 입장상 허상윤을 이용한 것이기도 하

고.'

그래서 나는 둘러대듯 변명했다.

"그때는 경영상의 입장 차이였을 뿐인데, 그걸 싸웠다고 볼 수 있을까요?"

"그걸 두고 보통은 '싸웠다'고들 하지. 후후, 싸웠다는 걸 인정하고 싶지 않은 거네."

이미라가 웃었다.

"그러는 걸 보면 성진이 너도 아직 애는 애구나?"

"……."

이 나이에 애 취급이라니. 아니, 등기상으론 애 맞지만.

이미라와 사담을 주고받는 사이, 그녀가 초빙한 손님이 모습을 드러냈다.

"안녕하십니까, 이미라 대표님. 오랜만에 뵙습니다."

이미라는 남자의 인사를 미소로 받았다.

"오랜만이군요. 아버님은 잘 계시죠?"

"예, 아버지께선 정정하십니다. 마침 아버지께서도 대표님께 안부를 전해 달라고 말씀하시더군요."

20대 후반쯤의 잘생긴 남자였다.

하지만 나는 그를 보며 움찔하고 말았는데, 이미라가 초빙한 손님은 다름 아닌.

"소개하지요. 제 종질인 이성진이에요."

이미라의 말에 그는 나를 물끄러미 쳐다보다가 불쑥 손을 내밀었다.

"해림식품의 정대성 전무입니다."

그래, 해림식품의 정대성.

제니퍼의 오빠이자 해림식품 정재훈 회장의 장남.

추후, 정재훈 회장으로부터 제니퍼와 양분된 해림식품의 지분을 나눠 받게 되는 인물.

나는 자리에서 일어나 그가 내민 손을 맞잡았다.

"처음 뵙겠습니다. 이성진입니다."

언젠가는 그와 만나게 될 날이 올 줄은 알고 있었지만, 이렇게 일찍, 그것도 이미라의 알선으로 만나게 될 줄은 예상하지 못했다.

나는 동시에 이미라를 힐끔 쳐다보았는데, 그녀는 내 시선을 알고서도 모른 척했다.

'소개해 주고 싶은 사람이 있다더니, 그게 해림식품의 정대성이었나.'

이미라의 의도를 알기 힘든 소개였다.

그녀도 이진영이며 허상윤으로부터 내가 제니퍼와 동업 중인 레스토랑과 그 (현시점에서는)위태로운 경영 실태를 들었던 바 있겠지만.

정대성은 빙긋 미소 띤 얼굴로 내 손을 가볍게 흔들었다.

"이야기는 많이 들었습니다. 제 동생이랑 사업을 하신다고요."

"아, 예. 그렇습니다."

제니퍼가 하는 일은 당연하다는 듯 해림식품의 귀에도 들어갔고, 정대성은 관련한 내용을 흘리듯 전했다.

"불민한 동생이 폐를 끼치고 있는 건 아닌지 모르겠군요."

"아닙니다. 그럴 리가요. 저도 많이 배우고 있습니다."

정대성은 부드러운 인상 아래 격식을 차릴 줄 아는 남자였다.

한편으론 그 격식이 과해서, 나로선 그가 일부러 선을 긋는다는 느낌마저 받을 지경이었다.

'흐음, 이거 참.'

문득 떠오른 생각을 이어 가기 전.

"그럼 앉으시죠."

이미라의 권고에 우리가 자리에 앉자마자, 그녀가 입을 뗐다.

"오늘 두 사람을 한자리에 모이게 한 건 가볍게 식사나 할 요량이었어요."

그럴 리가 있나.

무언가 의도가 명명백백한 가운데 그 속내를 알 수 없을 뿐이다.

"대표님처럼 바쁘신 분께서 모처럼 불러 주셨으니 저로선 영광입니다."

그건 정대성도 마찬가지였는지, 그는 결례가 되지 않는 선에서 제법 단도직입적으로 이미라의 말을 받았다.

"다만 식사 중에 공연한 이야기가 나오지는 않을까, 저어되는 부분도 없잖아 있군요."

동시에 그는 친동생인 제니퍼와 관계를 맺고 있는 나와도 적정선을 긋는 느낌이었다.

'둘은 이미 남매가 아니라 경쟁자인 건가.'

이미라는 미소 띤 얼굴로 고개를 끄덕였다.

"그 부분은 안심해도 좋아요. 여기서 나눈 공연한 말이 밖으로 새는 일은 없을 거예요. 성진이는 제 종질이긴 해도 제법 똑똑한 아이거든요."

"예, 저도 소문은 익히 들어 왔습니다."

"그랬군요. 저도 마침 관련해 공교로운 이야기는 들어 왔답니다. 이것도 인연이겠죠."

다만, 이런 상황이 공교롭긴 해도 이번만큼은 제니퍼와 무관한 이야기를 꺼낼 요량임을 이미라는 은근하게 비쳤다.

'뭐, 나로서도 이미라가 시저스 같은 조그만 레스토랑을 탐내리라곤 생각할 수 없고.'

이미라가 말을 이었다.

"하지만 오늘은 정말 가볍게 식사나 할 생각이었으니까 부담 갖지 않아도 됩니다. 아참. 주문은 제가 미리 사람을 시켜 준비해 뒀는데, 괜찮겠죠?"

"대표님께서 수고로움을 마다하지 않으셨는데, 응당하지

요. 기대해 보겠습니다."

이미라는 웃는 낯으로 고개를 끄덕인 뒤 눈짓으로 대기하고 있던 종업원을 시켜 그를 움직이게 했다.

'이렇게 되면 준비해 둔 메뉴에 우리를 불러낸 의도가 숨어 있는 거겠군.'

기다리는 사이 이미라가 대화를 주도해 나갔다.

"실은 제 재종이 식품 회사를 준비 중이거든요. 이번 기회에 전무님이 많이 가르쳐 줬으면 해서요."

식당이 아닌 식품 회사.

이미라는 이번 만남이 시저스와 무관한 일임을 다시 한번 은근슬쩍 강조했다.

"그랬군요."

정대성이 나를 보았다.

"저도 얕으나마 들은 바가 있어 이성진 사장님께 다방면에 조예가 있으신 걸로 압니다만, 설마 식품 사업에도 흥미가 있으실 줄은 몰랐습니다."

이 사람에겐 '말씀 놓으시죠'가 통하지 않을 것이다.

뭐, 이미라도 꼬박꼬박 존대를 해 주고 있는 마당에 내가 먼저 나서는 것도 예의가 아니니까.

나는 그에 맞춰 주기로 했다.

"흉내만 낼 뿐입니다. 당고모님의 소개로 모처럼 전무과 안면을 텄으니 이 기회에 많이 배워 보려고 합니다."

"아뇨, 아뇨. 그럴 리가요. 듣기론 국책사업이 된 급식 관련해서도 이성진 사장님이 먼저 제안하신 것으로 압니다만."

격식으로 겸양한 것과 달리, 취급하는 정보의 깊이가 제법 깊다는 걸 암시하는 발언이었겠으나.

'그런 건 입 밖에 낼 필요가 없지. 이거, 아직 젊구만.'

그 은근한 허영을 보니 제니퍼와 한집안 사람이라는 게 새삼 실감이 났다.

'하긴, 정대성은 양분승계 이후 주력 사업이던 식품과 무관한 금융 등에 손을 댔다가 낭패를 본 뒤, 그 경영권이 제니퍼에게 고스란히 흡수되지.'

그런 미래를 알고서 보니, 격식을 차려 가며 빈틈을 보이려 하지 않는 정대성의 모습도 몸에 맞지 않는 옷을 걸쳐 한껏 꾸며 낸 것으로 보였다.

'이번 생은 또 어떻게 흘러갈지 모르나.'

이 시점에는 아직 제니퍼와 공동 경영 중인 시저스의 지분을 확보하지 못한 상황이었지만, 당시에도 나는 이를 시간문제로 보는 중이었다.

'잘만 하면 해림식품의 노하우를 고스란히 집어삼킬 수도 있겠어.'

그 전에.

이번 만남을 주선한 이미라의 의도부터 알아야 할 일이지만.

나는 미소 띤 얼굴로 대답했다.

"그렇긴 합니다만 당시만 해도 어디까지나 국민학생의 눈으로 본 단편적인 이야기였을 뿐이죠. 사업을 구체화한 건 여기 계신 당고모님이며 아버지께서 하셨고요."

"그러셨군요. 하지만 저로선 그 생각을 실천에 옮긴 삼광 그룹이 부럽습니다."

음.

정대성은 아무래도 급식 유통 관련해서 이야기가 나올 것으로 짐작하는 모양이었다.

하지만.

'당장은 그럴 생각이 없어.'

나로선, 국내 냉동식품 유통의 1인자인 해림식품과 관련해 정면 대결을 벌일 생각은 추호도 없다.

추후 역사와 달라진 제니퍼의 입장이 어떻게 될지는 모르나, 현재로선 동종 업계에 해림식품의 직접적인 경쟁 상대로 발을 들이미는 건 제 살 깎아먹기일 수도 있었다.

오히려 나중에 '역사에서처럼' 제니퍼가 상속받을 해림식품의 지분을 감안하면 그 과정에 불필요한 인수 합병으로 인력과 예산 낭비를 겪을 여지도 있고.

'더욱이 신화식품이 국내 신선식품 유통에 일부 점유율이 있긴 하지만, 그것도 고급 식자재 유통 쪽이지. 그러니 해림식품과는 취급 상품 면에서 교집합적 부분도 희미해.'

오히려 이미라 측이 신화식품의 유통망을 일반 식자재 유통까지 확장하려는 것이라면 모르되, 사실 이조차도 해림식품과는 일부만 겹칠 뿐이다.

내가 관련해 무어라 대답을 하기도 전에, 종업원들은 이곳 VIP룸으로 생각보다 빠르게 음식을 날라 왔다.

더운 김이 모락모락 이는 걸 보니 미리 만들어 둔 것도 아니었는데.

심지어 이 호텔 레스토랑의 코스 요리도 아닌, 한 상 가득 한 번에 차려 오는 것들이었다.

'이건…….'

나는 접시에 담긴 내용물을 보곤 멈칫했다.

'데미글라스 소스에 절여진 함박 스테이크에 미트볼? 심지어 이건…….'

얼추, 이 요리들의 정체가 짐작 가는 와중.

"일단 식기 전에 들까요?"

이미라는 능청스럽게 먼저 식기를 들었다.

정대성도 나처럼 무언가 하고픈 말이 많은 모양이었지만, 지금 그걸 입 밖에 낼 상황은 아니어서, 별수 없이 이미라와 나를 따라 한 입 삼켰다.

'흐음.'

나쁘진 않지만, 이런 호텔에서 낼 음식치곤 그 완성도가 현저히 떨어지는 음식이었다.

'역시, 레토르트 제품에 약간의 장식으로 호텔식 어레인지를 더한 것뿐이야.'

그쯤해서야 나는 이 자리에 정대성을 초빙한 이미라의 의도를 눈치챌 수 있었다.

'……이건 식품 개발과 관련해서 해림식품 측과 손을 잡으려는 거로군.'

깜짝 놀라게 해 줄 의도였다면, 이미라의 의도는 성공적이었다.

나로서도 이 상황엔 당황하고 말았으니까.

'변화……인 건가.'

이번 생에서 이미라의 경영자적인 입장은 전생과 사뭇 달라져 있었다.

그녀가 지금껏 신화식품의 레토르트 R&D 에 힘써 왔던 건 전생의 경영권 승계가 불확실한 가운데 이미라 나름의 홀로서기 방편에 다름없었고, 이번엔 이휘철의 발언—그의 형님이자 이미라의 친부가 독립유공자였다는—으로 그 명분이 확실해진 상황이었다.

그러니 그녀로선 이제 와선 불필요해진 모험의 리스크를 짊어질 바에 현재 경영을 안정화하겠단 의도가 엿보였다.

'합리적인 판단이긴 해. 하지만.'

개중엔 황금 알을 낳는 거위가 잠자고 있으리란 걸 이 시점의 그녀는 몰랐음에 분명했다.

'이를테면…….'

나는 접시에 담긴 흰 쌀밥을 포크로 쿡 찔러 한 입 먹었다. 입안에 찰기가 남은 고소한 쌀밥의 풍미가 가득 번졌다.

'……여기 있는 이 햅반이라든가.'

신화식품이 개발한 즉석밥인 햅반은 연구개발비로만 100억이 투자된 대형 프로젝트로, 이미 95년 초인 이 시점에 시제품 자체는 완성되었던 모양이었다.

'연구용으로 만들어 낸 소량은 품질상 아무런 문제가 없어.'

그러나 이 햅반의 양산엔 반도체 공장 수준의 무균 시설 설비가 전제되어야 했다.

이 햅반으로 완성된 즉석밥은 약간의 오염만으로도 곰팡이가 슬기 일쑤였고, 이후 실제로도 관련해서 노하우가 부족했던 모 경쟁 기업에선 곰팡이가 슨 불량품이 나오기도 했으니까.

완성 단계의 이 제품이 96년 중반에야 나오게 된 건 그런 양산 설비며 이런저런 예산 책정 문제가 겹쳐 발생한 일이었으리라.

'그런 상황이니.'

신제품 개발에 사활을 걸었던 전생의 이미라와 달리, 양산과 상품화 가능성에 돈 먹는 하마나 다름없는 이 즉석요리 제품은 이 시점의 이미라에게 불필요한 모험이나 다름없을 것이다.

그렇다고 해서 기껏 만들어 둔 이것들을 버리긴 아깝고.

'말 그대로 계륵이군.'

이미라는 이 자리에서 해림식품의 투자를 끌어오는 것으로 보다 안정적인 양산화 체계를 도입하려는 듯 보였다.

'나쁘지 않아. 나쁘지 않은 생각이지만.'

나는 진지한 얼굴로 음미 중인 정대성을 힐끗 쳐다보았다.

'공연히 남에게 지분을 양도해 줄 필요도 없는 이야기지.'

한편으론, 이미라의 지분이 더해진 합자회사 S&S식품에서 그녀의 경영권 일부를 덜어낼 기회이기도 했다.

가만히 앉아 손가락만 빨며 나무에 달린 감이 떨어지길 기다리는 건 내 취향이 아니었다.

'오히려 잘됐어.'

나는 미소를 지었다.

'잘만 하면 예정보다 일찍 제니퍼를 데뷔시킬 수도 있겠고.'

이어서, 나는 머릿속으로 계산을 굴리기 시작했다.

'분명, 구미 쪽에 삼광전자가 지어 둔 공장이 있었지?'

반도체 공장 수준의 무균 시설이 필요하다면, 그걸 이용해도 될 일이니까.

"어떠셨어요?"

호텔 레스토랑에서 레토르트 제품을 내놓은 그 뻔뻔함은

미식을 기대하고 있을 일반 고객들에겐 크나큰 실망과 무수한 컴플레인을 안겨다 주었겠지만.

애석하게도 우리는 일반 고객이 아니었고, 정대성은 가벼운 농담을 곁들여 대답했다.

"훌륭했습니다만, 신화호텔의 주력 상품으로 내놓기엔 맛이 강하군요."

"네. 애피타이저치곤 좀 그렇죠?"

이미라는 그녀답게 본 용건이 끝나자마자 종업원에게 정찬을 내올 것을 명했고, 정대성은 미소 띤 얼굴로 접시를 치우길 기다렸다.

이미라가 말을 이었다.

"앞서 드신 건 전무님도 짐작하셨다시피 저희 신화식품이 개발 중인 상품입니다."

"모든 것이 그랬습니까?"

"일부 가니시를 제외하면요."

이어서 이미라는 나를 힐끗 쳐다보았다가 정대성에게 말을 이었다.

"실은 여기 있는 제 재종인 성진이와 함께 식품 회사를 구상 중입니다."

"함께, 말씀입니까."

정대성은 빙긋 미소 띤 얼굴로 말을 이었다.

"그리고 지금 대표님은 저희 해림식품과도 함께 길을 걸어

가셨으면 하는 바람이신 것 같군요."

"예."

이미라는 더 이상 속내를 감추려 하지 않고 직설적인 말을 끄집어냈다.

"귀사인 해림식품이 냉동식품 유통에 관해선 국내 최정상의 위치라는 건 자타가 공인하고 있습니다."

정대성은 부정하지 않고 고개를 주억거렸다.

이미라는 그런 정대성을 보며 말을 이었다.

"80년대 이후, 저희 그룹의 냉장고를 비롯, 국내에 냉장 및 냉동 제품이 국내에 보급되기 시작한 뒤부터 해림식품은 삼광과 함께 동반 성장을 해 오고 있죠. 관련해서 앞으로의 사업 전망도 순탄할 것으로 보입니다. 하지만."

이미라가 어조를 고쳤다.

"시대가 조금씩 변화하고 있죠. 중간상인을 거치는 유통 과정의 변화는 구멍가게에서 슈퍼마켓, 이제는 도심 곳곳에 편의점이 우후죽순 생겨나고 있습니다."

이 시기, 수도권을 중심으로 하나둘 편의점이 들어서기 시작하고 있었다.

하지만 이때의 편의점이 목표로 하는 고객은 2000년대 중반 이후의 상황처럼 폭넓은 대중을 지향하는 것이 아닌, 오렌지족을 필두로 한 유흥가 중점의 젊은 층을 공략하는 것에 가까웠다.

이 시대의 편의점은 도심의 혁신을 맛보는 유흥의 연장선에 위치해 있다 해도 과언은 아니다.

그리고 이미라는 이 '편의점'의 영업 행태가 다른 선진국처럼 변화하리라는 생각을 갖고 있었다.

"앞으로는 업장의 변화에 맞춰 우리도 변화해야겠죠. 한편 레토르트 식품은 냉동 제품과 달리 별다른 조리 과정이 필요하지 않다는 의미에서 그 전망을 밝히고 있습니다."

그런 변화의 조짐을 가장 깊이 느끼고 있는 것은 다름 아닌 해림식품일 것이다.

정대성이 고개를 끄덕여 이미라의 말을 받았다.

"예. 뿐만 아니라 저희가 취급하는 냉동식품은 아무래도 대형 냉동고가 전제되어야 하는 만큼 편의점 입점이 힘들죠. 설령 입점한다 하더라도 다른 즉석 조리 식품처럼 그 자리에서 취사가 가능한 것도 아니니까요."

하지만 정대성은 이미라의 의견에 완전히 동조할 생각은 없어 보였다.

"그러나 대표님, 자사가 취급하는 냉동 완제품과 레토르트형 조리 제품은 비즈니스 모델에서 별개의 영역을 지향하는 분야로 보아야 할 것입니다. 두 가지는 응당 소비층도 다르고, 목적하는 고객도 다릅니다."

그 완곡한 거절은 이미라가 내놓은 신제품 값을 낮추려는 밑밥일 수 있었다.

나는 정대성이 생각만큼 호락호락하지만은 않다는 생각으로 이미라를 보았다.

그러나 이미라는 예상 범주 내의 일이라는 듯 부드러운 말씨로 그 말을 받았다.

"물론이죠. 저로선 해림식품에서 취급하고 있는 각종 식자재와 유통망을 고려하면 그 어느 다른 기업보다도 빠르게 사업 확장이 가능하리란 생각에서 드린 말씀이에요."

이미라가 말을 이었다.

"더욱이 현재 해림식품의 냉동 제품은 4인 가구 기준을 정량으로 삼고 있는 것으로 알고 있어요. 개인적인 견해지만 앞으로는 개인 단위의 소량 유통을 주력으로 삼는 제품의 수요가 급증하리라 봅니다."

이 시대 국민학교 교과서에서조차 거론되고 있던 핵가족조차 아닌, 앞으론 1인 가구의 시대가 온다.

이미라는 관련해서 이를 슬쩍 예견하는 중이었고, 정대성 또한 그 부분은 동의하듯 고개를 끄덕였다.

"예. 관련해선 자사도 인지하고 있습니다. 저희 해림식품 또한 1인 가구의 증가와 관련한 소량 포장 상품을 기획 중이죠. 오히려 삼광 그룹이 즐겨 사용하는 '선택과 집중'을 배워 이를 자사의 경영 철학에도 적용하려는 중입니다."

그러면서 정대성은 다시 한번, 손을 맞잡을 생각은 없다는 양 몸을 뒤로 내뺐다.

'그 말마따나 냉동 제품은 에어프라이어를 비롯한 가정용 미니 오븐이 전자레인지 보급을 뛰어넘기 시작할 때부터 재조명되지만, 그때는 2010년대 후반이야. 벌써부터 그때를 내다보면 너무 늦지.'

한편, 이미라는 이쪽이 한 수 접고 들어감에도 불구하고 이런저런 구실을 들어 가며 사양하는 정대성을 보며 조금 혼란스러워 보였다.

'더욱이 이쯤 하면 아마 이미라도 혹시 정대성에게 관련 사업의 의지가 없는 게 아닐까 생각하고 있을지도 모르겠군.'

이번 건은 실제로, 이미라 입장에선 해림식품에 식은 죽을 떠먹여 주는 것이나 진배없는 이야기였다.

여기엔 이미 신화식품 연구개발부서를 통해 기술 개발이 완료되다시피 한 레토르트 제품이 있고, 해림식품은 적절한 가격에 이를 인수한 뒤 자사의 양산 노하우와 확보해 둔 유통망 정도만 제공하면 서로에게 좋은 이야기가 되었을 터.

여기서 이미라는 좀 더 좋은 값을 받아 내고자 해림식품의 회장인 정재훈을 상대하기 전, 그 아들이자 전무인 정대성을 구워삶아 보려는 심산이었겠지만.

'실제로도 사실, 정대성은 해림식품을 식품 브랜드로서 키워 나갈 생각이 없어.'

이미라가 차라리 처음부터 회장인 정재훈을 상대하려고 했다면, 그 호락호락하지 않은 거물을 상대로 협상 과정에 난항을 겪었을지언정, 지금처럼 '없는 이야기' 취급을 받지는 않았을 터.

지금 그는 '아버지의 말을 잘 따르는' 해림식품의 차기 오너로서 반듯한 모습을 보이고 있지만, 이것도 어디까지나 연기에 불과했다.

제니퍼의 허영이 그래도 식품과 무관하지 않은 방향으로 향했던 것에 반해, 정대성은 그것과 아주 무관한, 좀 더 '폼 나는' 것을 하고 싶어 했다.

그는 패션, 금융, IT 등등 소위 말하는 '그럴듯해 보이는' 것에 관심이 많았고, 실제로도 미국에서 MBA까지 수료했던 우수한 인재였지만, 가장 기본이랄 수 있는 '사람'을 몰랐다.

송충이는 솔잎 어쩌고 운운하는 말을 앞세울 생각은 없지만, 해림식품의 근간과 노하우는 어디까지나 식품에서 비롯한 것이다.

그때 마침, 타이밍 좋게 정대성의 핸드폰이 울렸다.

그는 우리에게 양해를 구한 뒤 잠시 자리를 피했고, 이미라는 글라스에 담긴 물을 한 모금 들이켰다.

"휴우, 이거 참."

이미라가 쓴웃음을 지으며 나를 보았다.

"오늘은 성진이한테 괜찮은 모습을 보여 주려고 했는데, 잘 안되네."

"아니에요. 다만 저에게 귀띔이라도 해 주셨으면 좋았겠단 생각은 하고 있지만요."

"후후, 너도 정말 지지 않는구나."

이미라는 때맞춰 종업원이 날라 오는 애피타이저를 물끄러미 쳐다보다가 말을 이었다.

"네 생각은 어떠니? 이 앞에 내 놓은 레토르트 제품."

"훌륭하다고 생각해요."

특히 완제품에 가까운 즉석밥이.

"당고모님 말씀대로 1인 가구의 수요도 예상할 수 있고요."

마음 같아선 내 회사인 SJ컴퍼니의 자본금만으로 신화식품의 성과를 집어삼키고 싶었지만, 이휘철의 말마따나 이런 커다란 걸 삼키려면 소화가 용이하게끔 나름의 조리 과정이 필요했다.

'총알도 없고. 그렇다고 대출을 땡기자니, 그래서야 배보다 배꼽이 더 커지지.'

그렇다고 해림식품 회장인 정재훈과 협상하는 건 나로서도 내키지 않는 일이었다.

현시점에서 나와 무관한 다른 식품 브랜드는 말할 것도 고.

그래서 한 가지, 나는 이 시점에선 이르되 추후 실행해 볼 만한 계획을 이미라에게 넌지시 제안했다.

"당고모님도 아시다시피, 저는 해림식품의 정금례 씨와

한 가지 사업을 진행 중이잖아요?"

"응, 그렇지."

"차라리 그쪽을 통해 보는 건 어떨까요."

이미라는 잠시 생각하다가 미간을 살짝 찡그리며 고개를 저었다.

"아니야. 그쪽은 사실 지금으로선 해림식품과 무관하다고 할 수 있는 상황이잖니?"

하긴 이 시점에서 제니퍼는 해림식품과 무관한 양 지내는 중이었고, 앞으로도 그럴 일이 없을 것처럼 행동하곤 있었다.

'저번 생에서 제니퍼에게 심경의 변화가 일어나게 된 계기는 삼풍백화점 붕괴와 무관하지 않을 거야.'

하지만 그 부분은 내가 나서서 제니퍼의 사업을 키우고, 레스토랑의 확장세 속에 꺼내 볼 수 있는 카드이기도 했다.

'어쨌건 제니퍼도 해림식품의 권리 일부를 주장할 수 있는 명분은 쥐고 있으니까.'

그러니 오히려, 정대성이 이미라의 제안에서 발을 빼면 뺄수록 향후 내 계획에는 한 걸음씩 가까워가는 중이었다.

'일단, 움직여 볼까.'

나는 미소를 지으며 입을 열었다.

"당고모님 말씀도 맞아요. 정금례 씨는 현재로선 해림식품과 무관하죠. 또, 그럴 의지도 없어 보이고요."

"응. 그런 것 같더구나."

"하지만 그건 정대성 전무님도 마찬가지로 보이지 않아요?"

당사자가 없는 사이 단도직입적으로 뱉은 내 말에 이미라는 슬쩍 주위를 둘러보았다.

"애는. 게다가 설령 그렇다고 하더라도 우리가 왈가왈부할 문제는 아니야."

"입장상으론 그렇죠. 다만 제 생각엔 정대성 전무님이 해림식품을 식품 브랜드에 한정하지 않고 확장 가능성을 열어 두고 있는 것처럼 보여서요."

"억측이 심하구나."

말은 그렇게 했지만 이미라도 내심 내가 예견하는 것과 같은 결론에 도달한 성싶었다.

"만에 하나 네 말이 그렇다고 해도, 정대성 전무로선 해림식품의 브랜드를 키워 나갈 의무가 있어."

"하지만 이 자리는 어디까지나 비공식적인 자리잖아요? 정대성 전무님으로서도 여기서 관련한 사항을 결정할 의무까진 없는 거죠."

"……"

이미라가 천천히 내 말을 받았다.

"그럼, 성진이는 이번 협상과 관련해 아무런 소득 없이 끝날 거란 생각이니?"

"그렇지는 않아요. 제 생각엔 이번 자리가 피차 나쁜 상황은 아니란 생각이거든요."

"그럼?"

나는 조심스레 말을 이었다.

"저, 당고모님만 괜찮으시다면 이제부턴 제가 SJ컴퍼니의 사장 입장에서 이야기를 풀어 갔으면 싶은데요."

이미라는 잠시 생각하다가 나를 물끄러미 쳐다보았다.

"그래. 이번은 너도 무관하지 않은 상황이니까. 더군다나 '비공식적인 자리'이니, 어디 한번 보자꾸나."

"네, 감사합니다."

잠시 후, 정대성이 송구스럽단 얼굴로 VIP룸에 돌아왔다.

"죄송합니다. 짧게 끝내려고 했는데 도저히 그럴 수가 없는 전화여서요."

말과는 달리, 그는 이미라가 이번 제안을 심사숙고하도록 일부러 뜸을 들였을 것이다.

"그 바람에 좋은 음식을 내버려 둘 수밖에 없었다니, 이렇게 보면 기술의 발전이 꼭 좋은 것만은 아닌 것 같군요. 기다리게 해 드려서 죄송합니다."

이미라가 미소 띤 얼굴로 말을 받았다.

"아니에요. 애피타이저가 도착한 지 얼마 되지 않은 상황이었고요. 이미 서로 조금은 배가 부른 상황이지 않나요?"

"굳이 저를 배려해 주셨다니 감사드립니다만. 저는 아직 배가 고파서요."

정대성도 바보는 아니다.

다만 그에게도 이번 인수 협상은 먹어도 좋지만, 딱히 먹지 않아도 상관없다는 입장에서 계륵이나 마찬가지일 터. 도리어 정대성의 입장을 고려해 보았을 때, 신화식품과 계약으로 묶이면 나중에 발을 빼기 어려워질지도 모른단 생각일 것이다.

'그러니 이 상황에서 최선의 수는 일단 묵혀 두는 거야.'

그것도 적당한 명분을 통해서.

나는 식기를 집어 올리며 입을 열었다.

"그러고 보니."

한동안 일부러 잠자코 있던 내가 입을 열기 시작하자, 이미라와 정대성의 시선이 나를 향했다.

나는 그 모습을 모른 척하며 능청스레 애피타이저를 한 입 먹었다.

'……이거 참 맛있네.'

신화호텔 레스토랑의 VIP룸에서 내온 애피타이저는 약간의 산미가 가미된 아티초크를 중점으로 발사믹 소스를 접시 위에 그림처럼 꾸며 두었다.

금테가 둘러진 흰 접시에 연녹색의 채소와 검붉은 발사믹 소스의 조합은 '눈으로도 맛을 본다'는 파인 다이닝의 기교, 동시에 우리가 앞서 맛본 맛이 강렬한 레토르트 식품으로 무거웠던 혀를 가볍게 풀어 주며 가볍게 위장을 자극함으로써 애피타이저가 가진 본분에 충실한 메뉴였다.

아마 이번 메뉴 선정에는 서비스업으로 잔뼈가 굵은 이미라의 편집적이리만치 세심한 배려가 작용했으리라.

나는 천천히 말을 이었다.

"역시 아무래도 신화호텔 레스토랑에 비해 제니퍼 누나랑 하고 있는 시저스는 아직 갈 길이 멀구나, 싶어요."

정대성은 자리를 비우기 전까지만 해도 레토르트 제품 관련한 이야기가 오가던 와중, 문득 내 입에서 호텔 메뉴와 관련된 발언과 그 동생인 제니퍼(정금례)가 언급되려는 낌새에 미소를 지었다.

그는 아마 이 발언에서 이미라와 내 관계를 고려해 보곤 둘의 암묵적인 동맹에 자신을 끌어들이려는 심산이라 어림짐작했으리라.

"하하, 신화호텔 레스토랑의 품격은 국내에서도 손꼽히는 경지가 아닙니까. 물론 그 기준을 해외를 기준으로 삼아도 손색이 없지요. 신화호텔의 레스토랑이라고 하면 지금도 고급 인사를 초빙할 때 최우선순위로 예약하는 곳이니 말입니다."

동시에 그는 자신이 이번 협상에서 우위에 섰으리란 모종의 역학적 우월감까지 느꼈는지, 정대성은 그 와중에도 화제를 돌리려는 대신 의도를 담아 말을 이었다.

"그러나 해림식품이 지향하는 바와는 사실상 정반대의 노선이라고 할 수 있겠습니다. 저희는 어디까지나 대중의 입

맛을 고려한, 편하고 간편한 조리 식품을 추구하고 있으니까요."

그 노골적인 모습에 이미라는 티내지는 않았지만, 심기가 언짢은 듯 무표정한 미소를 머금고 있었다.

심지어, 대놓고 드러내진 않았으나 정대성은 그들이 취급하는 냉동 제품을 하위 문화로, 신화호텔의 요리를 상위 문화로 구분 짓는 속물적인 태도를 보이고 있었다.

'그러면서 정작 향락하는 건 그가 생각하는 상위 문화를 향해 있지.'

나는 일단 정대성의 말에 동의하듯 고개를 끄덕였다.

"그렇습니다. 하지만 레스토랑 경영의 흉내나 내는 입장으로선 신화호텔의 훌륭한 요리가 하나의 기준이라는 생각도 듭니다."

"기준 말씀입니까?"

"예. 지향해야 할 목표로서 말이죠."

나는 텅 빈 접시 위에 식기를 달그락 평행하게 내려놓았다.

"또한 저에겐 귀사의 해림식품 또한 그 기준점이 되고 있습니다."

정대성이 픽 웃었다.

"저희 해림의 냉동식품이 말입니까?"

"예. 고객이 추구하는 가격 대비 만족도의 측면에서 해림식품의 냉동 제품은 저희를 비롯한 여러 대중식당에도 경쟁 상대나 마찬가지지요."

나는 정대성을 바라보았다.

"즉석 조리 식품의 경우 같은 가격이라면 식당으로 가겠다, 라는 말이 있습니다. 그 말은 동시에 즉석 조리 식품은 식당이 책정하는 가격의 기준점이기도 하단 의미겠죠."

"실상은 좀 더 복잡하겠지만요."

정대성이 식기를 접시 위에 팔(八)자로 놓았다.

"원재료 가격, 인건비, 가게의 임대료, 경영에 필요한 자금 등등이 더해져 책정되는 것이 레스토랑 메뉴 가격의 선정 기준 아닙니까?"

"글쎄요. 식당을 경영해 보니 꼭 그렇지만도 않더군요."

나는 텅 빈 접시를 물끄러미 바라보았다.

"이를테면 이곳 신화호텔 파인 다이닝 레스토랑의 경우, 식당 경영으로 손해를 보지 않는 선에서 제 값을 받으려면 현재 책정된 가격의 배 이상을 받아야 합니다."

"……."

"간단하게 계산해 보면, 테이블 숫자와 고객의 회전 시간, 주방의 헤드 셰프와 수셰프에서 어프렌티스까지 이어지는 각 담당에 따른 인건비에 팁 문화가 없는 한국에서 웨이터와 소믈리에에게 지급되는 인건비, 또 여기에 신화호텔이 지향하는 최고급품 원재료의 가격과 부지의 기회비용까지 감안해서……."

나는 담담히 말을 이었다.

"그러니 이런 표현이 썩 점잖지는 않지만, 신화호텔의 파인 다이닝 레스토랑은 일반 식당의 가격 대비 적잖은 값임에도 불구하고 미끼 상품에 가깝다고 할 수 있습니다."

그러니 주류세를 감안해도 가격표에 플러스알파가 되는 와인 고객은 매상을 올려 주는 고객으로 환영받는 법이다.

정대성은 빙긋 웃었다.

"그러면서 동시에 해림식품의 냉동 제품과 신화호텔 레스토랑을 목표로 지향하신다는 말씀입니까?"

"예. 앞서 말씀드린 가격 대비 만족도의 측면에서 말이죠. 그런 의미에서 신화호텔의 파인 다이닝과 해림식품의 냉동 제품은 저처럼 대중식당을 경영하는 입장엔 바로미터라고 할 수 있습니다."

"흥미로운 이야기군요."

정대성은 가식 없이 고개를 끄덕였다.

관련해서 정대성도 모르는 바는 아니었겠지만, 그가 흥미로워하는 건 나라는 존재였을 것이다.

"그러니 식당의 입장에선 위로는 신화호텔을 위시한 파인 다이닝의 품질을 지향하되, 가격 책정에선 저희 같은 냉동 제품을 경쟁 상대로 삼는단 말씀입니까?"

"그렇습니다."

그러면서 그는 은근한 말씨로 '그래서 그게 나와 무슨 상관이냐'는 식의 답을 내놓았다.

"보아하니 이성진 사장님께선 상당히 거시적인 안목으로 사업에 임하시는군요. 일반적으론 그렇게까지 고려할 필요가 없음에도 불구하고 말이죠."

정대성이 빙그레 웃었다.

"오히려 소규모 영업장의 경우 기민한 대처가 가능하단 용이성이 있지 않습니까."

"소규모 영업장은 그럴지도 모르겠습니다만 어느 모로 보나 사업은 확장 가능성도 염두에 두어야 하니까요."

나는 정대성의 도발을 가볍게 흘려 넘기며 그를 물끄러미 쳐다보았다.

"저는 시저스 브랜드를 전국적인 브랜드로 키워 나가고자 합니다. 그렇게 되면 시저스 또한 패밀리 레스토랑 시장에 하나의 기준이 되겠죠."

"바람직하군요."

내 말을 듣고 정대성의 얼굴에 떠올라 있던 미소가 희미해졌다. 아마 그는 자신의 안면 근육을 자각하지 못한 듯 보였다.

내 발언은 정대성으로 하여금 제니퍼의 입지를 강화해 여차하면 해림식품과 전면전도 불사할 수 있단 선전포고처럼 들렸을 것이다.

'나 참, 해림식품을 싫어하면서 손에 놓기는 싫다 이거지?'

지금 그에게 나라는 존재는 삼광 그룹의 후광을 등에 업은 대기업의 후계자로서, 실상 마음만 먹으면 해내지 못할 까닭이 없는 사람으로 비쳤으리라.

해림식품도 규모 면에서 작지는 않으나, 재계 서열에서 손가락에 꼽히는 삼광 그룹에 비할 바는 아니다.

삼광 그룹이 마음먹고 치킨게임을 시작한다면 필연적인 패배가 기다리고 있을 상황.

더군다나 지금 자리에 함께하고 있는 건 나름의 이해관계를 노림수로 두고 있는 신화호텔−신화식품의 대표인 이미라.

공교롭게도, 마침 이휘철의 은퇴 발표가 있고 얼마 되지 않은 시기였다.

어쩌면 관련해서 손을 맞잡고 이미 사업상 긴밀한 유대를 맺고 있으리라 생각하고 있을지도 모른다.

오히려.

이런저런 이해관계가 얽히고설킨 삼광 그룹의 상황을 생각해 보면 생각처럼 막나갈 수 없는 상황이지만, 정대성도 그런 내부 사정까진 알 턱이 없을 것이다.

'외부에서 생각하고 있는 것과 달리, SJ컴퍼니는 삼광 그룹에서 자본과 경영 독립을 지향하는 바이고.'

나는 그쯤 해서 정대성에게 밧줄 하나를 던져 주었다.

"그러니 저로서는 그 과정에 해림식품이 함께해 주었으면 하는 바람입니다."

"……."

나는 거기서 이미라의 안색을 살폈고, 이미라는 가볍게 고개를 끄덕인 뒤 슬며시 끼어들었다.

"앞서 말씀드렸다시피 저는 성진이와 함께 새로운 식품 브랜드를 준비 중입니다."

이미라는 그사이, 내가 말하고자 하는 바의 의도와 저의를 파악해 내며.

"그리고 S&S라는 브랜드 네임으로 론칭할 이 식품 브랜드 내에 시저스를 포함할 생각이지요. 또, 시저스는 정대성 전무님의 혈육이신 정금례 씨가 성진이와 공동 사장으로 있는 회사고요."

당초, 신화식품 산하의 연구개발부서를 해림식품에 넘겨 정리하고자 했던 이미라는 방침을 순식간에 바꿨다.

'임기응변 하난 대단하군. 무엇이 더 큰 이득이 될지 벌써 눈치챘어. 그것도 쉽지 않은 결정이었을 텐데.'

이것으로.

해림식품의 대표 자격으로 이 비공식적인 회담 자리에 나온 정대성 전무는 그가 상대해야 할 대상이 신화식품에서 신규 론칭 브랜드인 S&S로 변한 셈이었다.

그것도 그의 남매이자 경쟁 관계에 놓인 제니퍼란 명분까지 가진 상태.

이미라가 말을 이었다.

"S&S에 관해서도 신화식품은 투자에 따른 지분 일부만을 보유하고 있을 뿐, 경영 면에 있어선 유한회사로서의 책임만 질 생각입니다. 그 외에는 공동 창립자 중 한 사람인 정금례 씨에게도 권한이 있습니다."

"즉."

이미라의 발언에, 정대성은 다시 여유를 찾은 얼굴로 말을 받았다.

"이미라 대표님과 이성진 사장님께서는 해림식품으로 하여금 이 S&S에 투자의 기회를 주시려는 겁니까?"

이미라는 미소 띤 얼굴로 말을 받았다.

"처음부터 드리려는 말씀이었습니다."

원래 계획도 아니었으면서.

뭐, 나로선 이번 기회에 나와 아무런 상의도 없이 신화식품을 정리하려던 이미라에게도 카운터를 한 방 날려 준 셈 치기로 했다.

'사방이 적이야, 적. 방심할 수가 없군.'

이미라에게 악의는 없었겠지만, 그녀에게 5촌 간 혈육의 정보단 회사 식구가 더 끈끈한 것이겠지.

'아까는 내게 이태석이 뭐든 혼자서 하려는 것이 내키지 않았단 식으로 말한 주제에.'

어쨌건 이로서 이후 이미라와 정대성의 입장이 결정됐다.

정대성이 팔(八)자로 놓은 식기를 평행하게 바꿔 놓으며 입을 열었다.

"그러면 S&S의 지분 구성에 관해 보다 구체적인 이야기를 나눠 봄 직하겠군요."

그것이 불과 몇.달 전.

이후 삼풍백화점이 무너지고, 시저스 1호점이 내 빌딩에 입점해 바쁜 나날을 보내고 있는 와중 해림식품의 지분 일부는 S&S로 차곡차곡 모이고 있었다.

이 햅반을 손에 넣기까지 있었던 우여곡절을 이 자리에 있는 누구도 알지 못했으리라.

설령 S&S에 관해 눈치는 채고 있다 하더라도 내가 입을 다무는 이상, 그들 귀에 들어가는 건 결과에 불과하니까.

'이미라나 정대성에겐 치부였을 테니.'

이휘철을 비롯한 이태석과 사모는 식탁 한가운데 놓인 즉석밥을 한동안 물끄러미 쳐다보았다.

"이거냐?"

"예."

"어디 맛이나 보자꾸나."

이휘철의 말에 나는 고용인이 눈치껏 가져다준 공용 젓가락을 그에게 공손히 내밀었다.

이휘철은 앞 접시에 자신의 몫을 한 젓가락 덜었고, 그 다음 이태석, 사모, 내 수순으로 분배가 끝났다.

각자는 이 즉석밥을 한 입씩 먹어 보곤.

"호오."

"흐음."

"어머."

생각보다 괜찮은 즉석밥의 퀄리티에 놀라 무의식적인 감탄을 나지막이 내뱉었다.

"이 정도라면 나쁘지 않구나."

이휘철이 입을 열었다.

"그것도 경쟁사에서 내놓은 것과는 궤부터 달리하는 느낌이군. 어떻게 만든 거냐?"

나는 S&S로 이전이 끝난 ㈜신화식품 연구개발부서로부터 받은 보고서를 떠올려 관련한 이야기를 설명했다.

"흠, 무균진공압축 공법이라. 왠지 연구개발비 명목으로 예산이 뭉텅 빠져나가는 곳이 있더라니."

뒤이어.

"양산 가능성은 있고?"

이휘철이 던진 질문엔 채산성과 영업이익 측면에서의 가능성까지 포함되어 있었다.

"예. 다만 관련해 공장을 구하는 것이 우선시되는 상황입니다."

대답하면서, 나는 이태석을 힐끔 쳐다보았다.

"아무래도 무균 환경이 필요하다 보니 공장 설계부터 반도체 공장 수준의 기초 설비도 필요하고요."

내 시선을 받은 이태석은 픽하고 웃었다.

"공교로운 일이군. 혹시 알고서 꺼낸 이야기냐?"

마침 경북 쪽에 대규모 반도체 공장이 증설된 상황.

그 자체는 비밀로 할 것도 아니지만, 관련해 대규모 인사 고용과 설비 증축에 조금 제동이 걸려 있다는 건 아는 사람만 아는 공공연한 비밀이었다.

이휘철이 씩 웃었다.

"그래, 정수봉 전무이사가 총괄하고 있었지. 내가 자리를 비웠던 임원회의 때 제법 언성이 오갔던 건 나도 알고 있다."

이태석은 그 당시를 떠올렸는지 쓴웃음을 머금었다.

"예, 그다지 점잖지는 못한 상황이었습니다만, 아버지께서 은퇴 전에 해 두셨던 사업이라 그나마 명분이 섰습니다."

"클클."

이휘철은 이후의 일은 관여하지 않겠다는 양 웃음을 터뜨리며 고개를 저었다.

한편 이태석은 이번 윈도우 출시로 있을 대규모 반도체 수요 상황에 설비 확충의 명분도 섰겠다, 머릿속에서 즉석밥과

반도체 사이에서 잠시 저울질을 했다.

'하지만 나로선 당장은 힘들지 않겠나, 싶은데. 아무리 빠르게 움직인다곤 해도 몇 달은 공장이 놀게 될 테지. 그 기회 비용을 계산 중일 거야.'

짧은 시간 생각을 마친 이태석이 의자에 등을 붙이며 나를 보았다.

"그래서, 얼마에 임대해 볼 생각이냐?"

"……."

가족인데, 좀 깎아 주면 안 되나?

이래저래 회사가 성장해도 수중의 총알은 부족하기만 했다.

5장

1995년 하반기는 눈코 뜰 새 없이 바쁘게 돌아갔다.

정신을 차리고 보니 어느새 차가운 바람이 코끝을 스치고 지나가는 겨울이 찾아와 있었다.

사장실로 들어와 코트를 옷걸이에 걸고 있으려니 윤선희는 관련한 서류를 뭉텅이로 내 책상에 쿵, 내려놓으며 '재가를 부탁드립니다' 하고 말한 뒤.

"혹시 더 분부하실 일이 있으신가요?"

은근히 내 눈치를 살피는 모습을 보였다.

나 또한 이 산더미 같은 서류를 마주하며 애써 표정을 관리해야 했다.

'자초한 일이긴 하지만……'

올해 벌여 둔 일이 워낙 많다 보니 압축을 해도 이 지경인가, 싶을 지경이었다.

'이러니 계열사별로 업무를 책임질 대표를 두는 거겠지.'

나는 애써 미소를 지으며 윤선희를 보았다.

"일단 급한 업무는 없을 것 같네요. 이만 퇴근하셔도 됩니다."

"괜찮을까요?"

말은 그렇게 하지만 이미 이번 주 근무시간이 70시간을 넘은 윤선희였다.

나는 오해가 없도록 미소 띤 얼굴에 못을 박았다.

"그럼요. 남은 일은 저 혼자 서류를 검토하는 것뿐이니까요."

그러잖아도 비서인 윤서희 또한 연말정산을 겸해 요 며칠 연속으로 야근을 했던 터.

직원의 복지 증진 차원에서 시범 삼아 탄력근무제를 도입한 상황임에도 그것이 무색한 곳이 이곳 SJ컴퍼니였다.

거기에 더해 내가 서류를 검토할 때까지 기다린다고 하면, 밤이 깊어서야 끝날 상황이고.

윤선희는 서류와 내 얼굴을 번갈아 보더니 어색하게 입꼬리를 올렸다.

"생각해 보니 남아서 처리할 일이 조금 더 있을 거 같은데요."

"……정말로 괜찮으니까, 퇴근하세요."

"하지만……."

"아니, 진짜, 정말로, 진심으로."

그 결과 사장이 퇴근을 권하고 직원이 잔업을 자처하는 상황이 벌어졌다.

'시대의 패러다임 문제인 건가.'

결국 나는 한숨을 내쉬었다.

"잠시만 기다리세요."

나는 앞서 내 비서인 윤선희에게 내가 살던 시대엔 제법 보편화된 서류 정리의 노하우를 A, B, C, D로 나누어 분류해 달라는 말을 전한바 있었다.

윤선희는 이를 충실히 따라 주었고, 비교적 정리가 잘되어 축약되었음에도 불구하고. 책상 위에 놓인 서류는 끝이 없어 보였다.

'내년에 신규 채용을 하긴 해야겠어.'

나는 그 서류 더미의 D에 분류된 관련 서류 한 장을 꺼내 빠르게 훑은 뒤, 서명을 마치고 윤선희에게 내밀었다.

"외근입니다. 삼광문화재단에 이 서류를 제출해 주시고 그대로 퇴근하세요."

그 정도 구실을 쥐여 주자, 윤선희는 그제야 조심스레 고개를 끄덕였다.

"알겠습니다. 그럼 혹시 급한 일이 있으면 핸드폰으

로……."

"네, 그렇게 할게요. 수고하셨습니다."

내가 일부러 서류에 눈을 돌리자, 윤선희는 꾸벅 고개를 숙인 뒤 종종걸음으로 사장실을 나섰다.

달각.

문이 닫히자 나는 다시금 의자에 등을 붙이곤 서류의 산을 보았다.

"많긴 많네. 그럼…… A부터 볼까."

A. 시간이 급하고 중요한 것

1. 윈도우

이런저런 다방면의 사업이 SJ컴퍼니에 묶여 있었지만, 가장 급한 건 역시 큰돈이 걸린 윈도우 건이었다.

이태석과 MS의 협상 이후 전생에는 없던 MS ASIA가 법인을 설립했다.

그 과정에 법인의 위치를 홍콩으로 할지 한국에 둘지를 두고 제법 갑론을박이 있었지만, 이는 MS가 던진 가벼운 견제구일 뿐이었다.

'사실 홍콩도 나쁘진 않지만…… 머잖아 불어닥칠 아시아 금융 위기를 감안하면 아무래도 기민하게 대처할 수 있는 한국이 낫지.'

법인 설립 후, 한국을 제외한 아시아권 로컬 검수 부분은 MS 측이 감수하기로 했고, 삼광과 SJ소프트웨어는 최적화와 더불어 국내 로컬라이징을 담당하기로 했다.

이번에는 작년, 남경민을 위시한 삼광전자의 멀티미디어 사업부가 뚝 떨어져 나올 때 겪었던 진통이 없었다.

오히려 지원자가 속출하는 바람에 삼광전자 인사부에서 한동안 밤샘 야근을 해야 했을 지경이었다고, 나는 남경민에게 전해 들었다.

'하긴, 당시만 하더라도 사실상 구조 조정이 아니냐는 말이 나돌 정도였으니.'

언론에서 떠들어 준 것도 한몫했을 것이다.

SJ소프트웨어의 발족 당시 인연을 맺었던 월간 컴퓨터의 최기성 기자는 '믿을 만한 내부 관계자'를 통해 삼광전자, SJ 컴퍼니, MS 트로이카가 설립한 MS ASIA 특집 기사를 실었고, 지지부진하던 초판 발행 부수가 모처럼 증쇄를 찍을 정도였다며 내게 감사를 전했다.

잔업에 잔뼈가 굵은 삼광전자가 개입한 덕분일까, 원래 역사에서는 11월 말쯤 출시되어 국내 한정 윈도우 96이라 불러야 할 윈도우 한국어 버전은 이번 생에선 10월 중순부터 유통이 시작되었다.

그 탓에 월간 컴퓨터의 최기성 기자는 '특집 기사를 냈던 게 엊그제인데 또 특집 기사를 준비해야 한다'며 소리 없는 비명을 질러 댔지만, 그건 내 알 바 아니었다.

하지만 최기성 기자를 비롯한 국내 언론이 크게 떠들어 댄 덕분인지 윈도우95 한국판은 불티나게 팔려 나가며 동시에 자사의 마이티 스테이션의 수요가 폭발했다.

대한민국은 어쨌든 '교육'에는 돈을 아끼지 않았고, 마이티 스테이션은 당초부터 교육 목적의 학습용 기기로 컴퓨터의 존재 가치를 주장해 오던 바였으니까.

'그렇다곤 해도 윈도우의 직관성이 막연하기 그지없던 컴퓨터의 심리적 진입 장벽을 낮춰 준 것도 없지 않아.'

삼광의 마이티 스테이션뿐만 아니라, 용산의 '개구리컴퓨터' 또한 그 수혜를 톡톡히 보았다.

조인영의 영입 당시 만났던 박철곤은 결국 '개구리컴퓨터' 브랜드를 지방 광역시 곳곳에 두기 시작했는데, 고객 중엔 '원래 그랬던 것처럼' 정품이 아닌 복제 윈도우를 찾는 사람이 더러 있었다.

이 불법, 복제품의 확산은 완전히 뿌리 뽑기 힘든 것이었다.

'CD-Key 같은 것으로 방지도 가능하지만, 근본적인 대책은 아니야.'

불법 이용자의 제재와 관련해선 MS ASIA 측과 긴 논의가 있었다.

'프로그램에 암호를 심어 두고 정품 이용자가 아니면 사용

할 수 없게끔 만들 수도 있겠지만, 역사가 증명했듯 이는 언젠가 뚫리기 마련이고.'

사실, 윈도우 95 판매만으로 이쪽이 벌어들일 수익은 그다지 크지 않다.

비록 3 : 3 : 4의 비율로 지분을 가져가곤 있었지만, 유통에 따른 권리와 동시에 부담을 감수해야 했던 우리로선 이런저런 기초 비용을 떼고 나면 손에 들어오는 게 적었으니까.

오히려 우리로선 윈도우 보급으로 인한 보급, 조립형 PC의 판매가 마진이 남는 장사였다.

'그럴 바에는 차라리 불법 복제품의 유통을 막지 않고 열어 두어 PC의 보급률 자체를 끌어올리는 편이 낫지.'

그래서 우리는 대놓고 입구에서부터 윈도우 95 불법 이용을 막는 것이 아닌, 여기저기 함정을 심어 두기로 했다.

바탕화면에 떡하니 떠 있는 '윈도우 정품을 이용해 주십시오' 워터마크부터, 문서 인쇄 시 희미하게 덧입히는 '윈도우 정품을 이용해 주십시오' 워터마크, 각종 업데이트 미지원, 각종 게임 미지원, 호환되지 않는 확장자 파일로 인한 문서 작업에 애로 사항 등등.

'즉, 해커들이 하나를 뚫으면, 또 다른 하나가 불쑥 튀어나오게끔 해 뒀지.'

그런 수고로움을 감수해 가며 쓸 바엔 차라리 정품을 이용하고 말 일이고, 이 모든 난관(?)을 극복한 사람에겐 이미 난

관을 극복한 그 자체가 목적일 것이므로.

실제로 조인영은 일부러 불법 복제된 윈도우를 깔아 두고
그걸 뚫으며 노는 모습이 종종 목격되었다.

「퍼즐 찾기 하는 기분인데?」

……어차피 저런 인간은 극소수일 테니까.

이런저런 정품과 불법 복제판의 보급에 힘입어, 대한민국
의 PC 보급률은 정부에서도 교과과정에 컴퓨터 수업을 넣어
야 할지 고민할 정도로 적잖은 수준에 이르렀다.

'왜냐면 그야 올해 크리스마스 선물로 바라는 1순위가 컴
퓨터일 정도니까.'

산타 할아버지가 제법 바쁘겠군.

그 부담이 덜하게끔 슬슬 노트북도 준비를 해야 할 때인
가, 싶다.

2. 모바일

한편 서명화가 디자인한 폴더형 핸드폰은 삼광전자와 이
태석으로 하여금 크나큰 도전으로 다가오는 중이었다.

「이게 뭡니까? 무슨 SF 영화에 나오는 것도 아니고.」
「대중들에게 이런 게 먹힐 리가 있겠습니까.」

「모바일 기기의 타깃층은 어디까지나 비즈니스맨이죠. 하지만 사장님의 제안은 아직 삐삐나 이용할 젊은 세대를 주소비층으로 설정하신 듯 보입니다.」

임원들의 반대에.

「기술적으로 구현하려면 적잖은 시행착오를 겪어야겠는데요.」

부정적인 의견을 내놓는 개발진이며.

「이미 CDMA 기술제휴로 충분히 할 만큼 했는데, 굳이 위험한 길을 갈 필요가 있겠습니까.」

「그렇습니다. 게다가 업무적으로도 디자인을 기준에 세우고 거기에 개발진이 투입되는 방식은 뭐랄까, 프로세스적으로도 효율이 나오지 않을 것 같습니다만.」

심지어는 이태석의 파벌에 속해 있던 이들도 석연찮은 기색을 내비쳤다.

삼광은 지금껏 세상에 없던 걸 새롭게 선보였던 적이 없었다.

그건 예전까진 제법 잘 먹혀들어 가던 전략이었고, 안정적이기까지 했다.

하지만 언제까지나 패스트 팔로워에 안주해 머물러 있을 뿐이라면 삼광전자는 2류 기업에 그칠 뿐이다.

그러나 뭐든 처음이 어렵고, 그렇기에 시작이 반이라는 말까지 있지 않겠는가.

그렇기에 이번 신규 모바일 디자인 프로젝트는 삼광전자로 하여금 변화의 전조로서 해묵은 환부를 도려낼 결단이 필요한 일이면서, 동시에 글로벌 기업으로 향하는 첫발을 내디딜 계기이기도 했다.

내가 기억하는 이태석은 (그 과정이 순탄치는 않지만) 한번 마음먹은 건 끝까지 밀어붙이는 인물이다.

이태석은 무수한 반대에 맞서 최고경영자의 지위를 사용했고.

「그렇다면 이번 프로젝트는 자회사인 SJ컴퍼니에 파견 중인 멀티미디어 사업부를 통해 진행하겠습니다.」

급기야 그 입에서 SJ컴퍼니가 거론되었다.

SJ컴퍼니는 명목상 삼광전자의 자본과 인력이 투입된 자회사이긴 하나 엄밀히 따져 경영상 별도로 분리된 법인이었다.

마침 사내에서도 이 소속 불명의 조직을 두고 이휘철 전 회장의 장난감인지 아니면 이태석이 내부 견제 목적으로 만든 용도인지 갑론을박이 벌어지던 차.

어느 쪽이든 SJ컴퍼니라는 회사는 최근 벌이고 있는 여러 사업 탓인지 삼광전자 내부에서도 적잖은 이슈거리가 되어 있었다.

이태석이 그렇게까지 나오니, 아직 이태석의 자리를 노리고 있던 권인수 일파도 못 이기는 척 한 수 접어 줘야 했다.

그들이야 어쨌건 이번 프로젝트가 실패해도 이태석 사장의 책임일 뿐 삼광전자의 책임이 아니란 발뺌이 가능했고, 만에 하나 신제품이 성공하더라도 이는 삼광전자의 형식상 자회사인 SJ컴퍼니의 성과였으므로, 당장은 무리가 없다는 판단일 터.

SJ컴퍼니쯤이야 나중에 얼마든지 삼광전자가 다시 가져올 수 있으리란 확신이 있었으리라.

그러나 권인수 일파로선 차라리 한 걸음 양보하는 셈치고 SJ컴퍼니의 실체를 밝혀, 추후라도 일감 몰아주기 의혹을 공론화하는 것이 가능하단 판단일 터였다.

'하나만 알고 둘은 모르는군. 그러다간 약한 불 속에서 잠들다 삶아지는 개구리 꼴이 될 텐데.'

그들이 간과하는 사실은 SJ컴퍼니가 이휘철의 것도, 이태석의 것도 아니란 사실이다.

'오히려 SJ가 삼광에 일감을 몰아주면 몰아줬지, 그 반대는 아니란 말씀이야.'

SJ컴퍼니는 그들이 생각하듯 신제품을 내놓고 반응을 테스트할 뿐인 내부 견제용 회사가 아니었다.

실상 모바일 관련해선 퀄컴도 SJ를 통해 삼광전자와 이어져 있는 상황.

결국 폴더폰 제작과 관련한 '프로젝트 P'는 피차의 본의와 달리 SJ컴퍼니가 깊이 연관되는 계기로 발전했고, 아이러니하게도 이는 내 휘하의 남경민이 이태석과 내 사이에 끼어 업무를 진행하게 되는 결과로 빚어졌다.

'전생에 무선사업부 상무였던 남경민의 입장을 생각해 보면, 말 그대로 천직(天職)이 아닐까 싶을 정도군.'

하여, 이번 프로젝트 P와 관련해, 삼광전자는 특설 TF를 구성하게 된다.

기존의 삼광전자는 기술에 맞춰 디자인을 덧입히는 방식이었고, 그 과정에 부서별 위계가 자연스럽게 조성되어 있었다.

핵심은 역시 기술 개발과 관련한 부서였으며 여기엔 오래전부터 권인수의 입김이 닿아 있는 상황.

그래서 이태석은 삼광전자 내부에도 모바일 관련한 무선사업부가 버젓이 있는 상황에서도 그들의 지원을 기대하는 대신, 사내의 여러 부서에서 프로젝트 P에 지원하고자 하는 인원을 하나둘 뽑았다.

그들 입장에선 이번 TF 차출이 고과의 무덤일지 새로운 기회의 장이 될지 아리송한 상황이었지만, 사내 정치 운운하는 건 중간관리직 이상의 임원들 선에 걸친 이야기일 뿐이다.

일반 평사원 입장에선 오히려 새로운 일에 몰두할 수 있는 유연한 환경을 원하는 사람이 적지 않았고, 시스템 위주로 돌아가는 삼광전자의 딱딱한 사풍에 질린 젊은 임직원들은 이태석 사장 직속의 이번 프로젝트에 자원하기 시작했다.

그런 젊은 임직원들뿐만 아니라 고루하게 경직된 권인수 파벌에 불만이 있던 몇몇 임원들도 이태석의 지휘하에 들어가길 바랐다.

그러잖아도 삼광전자가 SJ컴퍼니와 함께 이룩한 몇몇 성과는 삼광전자 내부에서도 단순한 이슈 거리 이상의 고무적인 이야기로 다가오는 중이었다.

윈도우 95의 아시아 로컬라이징 검수를 맡은 MS ASIA, 혜성같이 등장한 MP3 플레이어, 이관 이후 꼬리 자르기로 여겨지던 멀티미디어 사업부의 승승장구까지.

SJ컴퍼니는 외부에서 불어오는 한 줄기 변화의 바람이었고, 기업을 통해 세상의 변화를 이끌어 낼 수 있겠단 가능성의 원천이었다.

젊은 바람이 깃든 프로젝트 P는 나나 이태석의 예상을 넘어선 성과를 보이기 시작하면서, 순풍에 돛 단 배처럼 순조롭게 진행되었다.

'역시 삼광전자 임직원들의 수준은 높아.'

나는 서류에 서명을 기재하면서 두툼한 서류 뭉치를 한 구
석에 치워 두었다.

'내년 초에는 본격적으로 시작되겠군.'

B. 시간은 급하나 크게 중요하진 않은 것

1. MP3 플레이어

MP3 플레이어는 내 예상을 기분 좋게 빗나갔다.

'이게 그렇게나 매력적인 상품인가?'

당초 32MB가 한계인 초기형 MP3 플레이어 제품에 이렇
다 할 수요가 있으리라는 생각을 못 했던 나는 그 생각을 정
정해야 했다.

세계 최초의 MP3 플레이어인 'Any Music'은 젊은이들 사
이에선 '에뮤'라는 축약어로 불리며 언론에도 보도될 만큼 하
나의 문화 현상으로까지 자리매김했다.

이 에뮤가 출하를 앞두고 있던 당시, 나는 바른손레코드
측과 모종의 협약을 맺은 바 있었다.

「정품 CD 앨범을 가져오시면 MP3 플레이어에 무료로 담
아 드립니다.」

이 전략은 주효해서, 김민혁의 예상처럼 전국 곳곳의 바른

손레코드 직영점은 대기 번호마저 발송해야 할 만큼 때아닌 인산인해를 이루었다.

관련해 적잖은 시간이 소요되었으나, 이 X세대에겐 그 자체, 기다림조차 하나의 유희거리가 되었다.

최근엔 데이트 코스로 바른손레코드를 먼저 들러서 대기표를 받아 두고 인근에 자리 잡은 자사 커피 브랜드인 '로스트 빈'에서 커피를 한 잔 마신 뒤, 오락실에서 DDR을 하거나 또는 영화를 보고 식사 후 마무리로 작업이 완료된 MP3 플레이어를 찾아가는 수순이 자연스러운, 또 일반적인 데이트 코스일 정도였다.

그런 문화 현상이 겹치며 바른손레코드 직영점은 각 지역의 랜드 마크 역할을 해냈고, 바른손레코드 인근의 상권은 매물이 없을 정도로 땅값이 치솟아 올랐다.

한편 그런 일반 대중들과는 거리가 먼, 내가 주 소비층으로 생각한 얼리어답터들은 그들 나름의 방법으로 직접 CD-RW를 이용해 음원을 추출하거나 하며, MP3 플레이어인 에뮤에 더해 MP3CDP도 적잖은 반향을 불러 일으켰다.

내가 재학 중인 국민학교에는 조금 이르지만, 허상윤이며 이진영이 다니는 중학교부터는 이미 MP3 플레이어와 그 음원을 추출해 대신 읽고 써 주는 녀석들이 구심점이 될 만큼 여파가 대단했다.

몇몇 학교에서는 삐삐와 더불어 교내 금지 물품에 MP3 플레이어를 포함하는 곳도 있었을 정도였지만, 그 정도는 내가 알던 것에서 몇 년 앞당겨진 새삼스러운 이야기일 뿐이다.

이처럼 하나의 문화 현상이 되어 버린 MP3 플레이어로 인해, SJ컴퍼니와 삼광전자는 수요에 공급을 맞추려 복에 겨운 비명을 질러 댔고, 생산 공장은 3교대로 바쁘게 돌아갔다.

그렇게 자사의 MP3 플레이어인 에뮤는 올해 산타클로스에게 받고 싶은 크리스마스 선물 1위인 컴퓨터에 이어 2위에 자리매김한 효자 상품이 되었다.

관련해서 이태석은.

「이럴 줄 알았으면 구미 공장을 네게 임대해 주는 게 아니었는데.」

말하며 내게 짓궂은 미소를 보였다.

그리고 지금 삼광전자 측에선 에뮤의 초도물량 매진 후, 라이센스를 거머쥔 SJ컴퍼니에 그 후속 모델을 은근히 재촉하는 중이었다.

아니, 삼광전자뿐만 아니라 금일, 한대 같은 경쟁 그룹에서도 파격적인 조건을 앞세워 만남을 요청할 정도인 데다가 MS 측도 흥미를 보일 정도였으니.

'대박은 대박이군. MP3를 알선해 준 독일의 한스도 은근히 눈치를 준단 말이야.'

하지만 추후 MP3 플레이어가 기술의 발전 이후 애물단지로 전락하는 미래를 감안해 보면 빠르게 단물만 빨아먹고 후속 사업을 준비할 필요도 있었다.

'적당한 때에 맞춰 관련 라이센스를 처분해야겠지.'

머지않은 훗날, MP3 플레이어를 두고서 '나 때는 MP3 들으려고 바른손레코드 순번 대기표를 뽑아야 했다'는 말이 하나의 추억거리로 남게 되리라.

2. S&S

이런 여파에 힘입어, 시저스는 '물 들어올 때 노 저어야 한다'는 내 지론에 맞춰 분점을 내기로 했다.

「정말로 프랜차이즈 계획이 있었던 거야? 생각보다 빠른 걸.」

제니퍼는 다소 어처구니없어하면서도 고개를 끄덕였다.

「하긴, 상윤이나 진영이도 이미 계획은 있나 보더라. 우리 메뉴도 이젠 매뉴얼화가 되어서, 레시피만 얼추 따라 하면 비슷한 맛을 낼 수 있게 됐으니까.」

문제는 식자재 유통이었다.

지금껏 시저스는 오성환이 아침 일찍 새벽 시장을 돌아다니며 그때그때 나오는 도매 물품을 체크한 뒤 계절과 절기에 맞춘 재료로 맛을 내고 있었다.

오성환은 '좋은 음식은 좋은 재료에서 시작한다'는 말을 했고, 그런 방침과 노력은 시저스의 샐러드 뷔페에 걸맞은 신선한 식자재 확보에 적잖은 영향을 끼쳐 오던 차.

하지만 모든 주방장이 오성환 같을 수는 없었고, 분점을 내기로 한 이상 과정을 보다 체계화할 필요가 있었다.

그 과정에는 이미라와 함께 출자한 S&S가 개입하기로 했다.

신화식품은 이미 백화점을 비롯한 고급 식자재 유통에 노하우와 일가견이 있었지만 취급 품목이 어느 정도 한정되어 있었다.

로메인 상추는 곧잘 취급하지만 일반 상추는 모르고, 시나몬은 취급하지만 계피는 아니란 식이었다.

그 중간 다리를 놓은 것이 해림식품이었다.

해림식품은 이 시기에도 이미 몇몇 농가와 직거래를 틀어 두고 있었다.

비록 냉동 제품을 취급한다고는 하나, 정재훈 회장부터가 일을 허투루 하지는 않았다.

그는 냉동 과정에 품질이 떨어질 수는 있을지언정, 그렇다고 형편없는 원재료를 입수해 가공하는 인물은 아니었다.

제니퍼 역시도 자신의 가업을 좋아하는 편은 아니었지만, 그럼에도 인정할 부분은 인정하는 편이었다.

그래서 나로선 정대성과 했던 협상처럼 난항을 겪으리라 생각했는데, 제니퍼는 의외로 시원시원했다.

「뭐, 대규모 농작물 유통은 해림식품만 한 곳이 없으니까.」

경영자로서 임하며 나름 철이 든 건지, 아니면 원래부터 그런 자질을 타고났던 건지.

다만.

「결국엔 해림식품이랑 손을 잡는 거구나. 그래, 이용할 수 있는 건 다 이용해 봐야지.」

쓴웃음을 지으며 마지못해 이를 수락하는 느낌이긴 했다.

제니퍼는 이미 식당 지분 대부분을 내게 넘긴 처지니, 동업자라는 입장에도 여간해선 내 선택에 의사결정을 맡기는 편이었다.

그렇다고 해서 그녀가 마냥 예스맨인 것은 아니었다.

「그래도 본점에는 본점만의 아이덴티티가 있었으면 좋겠어. 분점은 컨셉을 조금씩 다르게 잡아 가면 어떨까?」

「이를테면요?」

그 부분은 오성환이 끼어들어 의견을 제시했다.

「모처럼 이탈리안을 표방하게 됐으니까, 본격적인 피자도 준비해 보는 건 어때?」

피자라곤 했지만, 오성환은 국내에 입점해 있는 미국식이 아닌 제법 본격적인 화덕식 이탈리안 피자를 취급했으면, 하고 바랐다.

「조금 낯설지도 모르지만, 이왕 문화를 팔게 됐잖아?」

문화를 판다.
오성환의 그 말이 어딘지 마음에 들었다.

「보아하니 한국에서는 마늘을 싫어하긴커녕, 더 좋아하는 편이고. 게다가 의외로 치즈에 거부감이 없더라고. 그러니 나폴리식 피자며 마르게리타에 관한 선호도 분명 있을 거야.」

하긴, 어떤 요리든 치즈를 넣고 보는 근 미래 한국의 외식 문화를 생각해 보면 마다하긴커녕 없어서 못 팔 지경이긴 하

. 지.

「그렇게 시칠리아에서 나폴리로, 북쪽으로 올라가다 보면 머지않아 프랑스도 나오겠군요.」

내 농담을 오성환은 그럴듯하게 받아쳤다.

「알프스는 넘어야지. 걱정 마, 도버 해협은 안 넘어갈 테니까.」

그거 참 다행이군.

그런 과정을 거쳐, 또 다른 공동 창업자인 허상윤과 이진영이 봐 둔 자리에 시저스 분점이 들어서게 됐다.

'이대로 국내 대표 외식 프랜차이즈로 거듭나게 되면 좋겠군.'

그러자면 대표적인 K-푸드의 존재 한 가지를 간과할 수는 없을 것이다.

'치킨……은 조금 더 기다려 볼까. 육가공 제품은 아직 시장을 트기 전이니까.'

C. 시간에 여유가 있고 중요한 것

1. 패킷몬스터

패킷몬스터는 원래 역사에선 96년 초창기에 정식 발매되었을 게임이었지만, 이번 생에 들어 SJ소프트웨어의 투자와 지원에 힘입은 덕인지 원래보다 빠르게 완성되었다.

'빠르다고는 하지만 개발에만 5년 이상의 기간이 소요되었으니 빠른 것도 아니지.'

그래서일까, 닌텐도 측에서는 그들의 세컨드 파티인 게임 크리크 측이 타사의—그것도 딱히 신경 쓴 적이 없던 한국의—지원을 받아 게임이 완성되었다는 사실에 불편한 심기를 드러냈으나, 어차피 극소수의 고위 임원을 제외하곤 별다른 관심을 기울이지 않던 게임이었다.

게다가 해외 로컬라이징 및 검수를 이쪽에서 도맡아 자청해 주겠다는데, 그들로선 이를 대놓고 불편해할 수는 없을 것이다.

'그러잖아도 패미컴에 출시된 유수의 게임 브랜드를 이쪽이 PC로 이식하면서 적잖이 똥줄이 탔겠지.'

그들이 눈여겨보지 않았던, 아니 오히려 갑질을 일삼으며 일방적으로 계약을 파기한 소니가 플레이스테이션을 성공적으로 안착시키면서 그 불편함은 가중되었을 것이다.

이미 여러 게임 회사가 닌텐도의 갑질을 피해 소니며 PC 시장으로 옮겨 갔고, 닌텐도는 때마침 '버추얼 보이'라는 지나치게 시대를 앞서간 기기의 실패가 뼈아픈 상황.

나로선 닌텐도가 이왕 불편해하는 김에 게임 크리크를 아예 손절해 버리길 바라는 입장이었지만, 애석하게도 몇몇 고위 임원의 반대로 무산되었다.

어쨌건 95년 10월쯤, 게임 크리크는 패킷몬스터를 출시했다.

패킷몬스터는 출시되자마자 전 세계적으로 큰 반향을 불러일으키……면 좋았겠지만, 초창기 반응은 예상대로 시큰둥했다.

콘솔 시장은 이미 플레이스테이션이니 세가 새턴이니 하는 고사양 콘솔이 '화려한 32비트' 그래픽을 선보이며 3D 게임의 전조를 보여 주는 중이었고, 반면 게임보이는 이 시점에도 이미 철 지난 휴대용 게임기로 황혼을 맞이하는 중이었다.

그 과정에 나는 닌텐도에 게임보이의 유통과 관련해서 숟가락을 얹어 보려 했지만, 한때나마 세계 1위의 콘솔 게임기였다는 자존심이 남아 있어서인지 일언지하에 거절당했다.

'……거참, 이로써 닌텐도의 명줄은 가늘게나마 이어지게 됐군.'

그들은 이제 게임 큐브를 준비하며 차세대 게임 기기 시장에 뛰어들 준비를 하고 있었으나, 역사를 알고 있는 나로선 애석할 따름이었다.

닌텐도가 재기에 성공하는 건 그들이 프리미엄에서 캐주

얼로 노선을 바꾸는 2000년대 중반에 들어서부터이며, 그 뒤로도 몇 번의 우여곡절을 더 거친 뒤에야 그 독자적인 노선이 재평가받게 된다.

이번 생에도 그런 역사가 이루어질지는 알 수 없지만, 어쨌건 아직은 집어삼키기도, 또 그럴 가능성도 호락호락하지 않다는 건 분명했다.

'잘만 하면 구명줄을 던져 보며 그땐 숟가락 정도는 얹어볼 수도 있겠지.'

2. 게임

패킷몬스터 이야기가 나온 김에 자사에서 개발 혹은 유통하고 있는 게임 이야기를 해 보자면.

'우선 DDR의 아케이드 버전이 출시되었단 점이로군.'

95년 9월 즈음, 공가희와 조인영을 중심으로 한 체험형 리듬 게임인 DDR의 오락실 기기가 출시되었다.

DDR의 등장은 여러모로 센세이션을 일으켰는데, 그중 단적인 예가 오락실의 변화였다.

이전까지 오락실이라고 하면 주로 동네 후미진 구석에 자리 잡고 스트리트 파이터 같은 대전 액션 게임 위주의 동네에서 난다 긴다 하는 코어 게이머 층과, 100원짜리 동전을 주머니에 쿡 찔러 넣은 코흘리개 꼬맹이들로 양분된 다소 퀴퀴한 장소였다.

간혹 번화가에도 오락실이 하나둘쯤 있을 때도 있었지만, 이런 유흥 단지의 오락실은 어디까지나 빈 시간을 때우려는 사람들이 약속 장소에 일찍 도착했거나 하면 시간을 보내러 들르는 장소, 혹은 술이 한잔 들어가면 취기로 한두 판 정도 오락기를 붙잡고 있다가 나오는 것이 고작이었다.

그래서 오락실 근처엔 삐삐를 받을 수 있게끔 공중전화 부스가 몇 대인가 설치되어 있었고, 사람들은 공중전화 박스의 대기 줄이 길면 오락실에 잠깐 들렀다가 나오는 식으로 잉여 시간을 소비했다.

하지만 DDR의 등장은 오락실로 하여금 어떤 수단이나 거쳐 가는 과정이 아닌, 오락실을 목적으로 찾아오는 손님을 만들어 내기 시작했다.

그 태동부터 쭉 지켜봐 온 조인영의 말에 의하면, 처음 DDR 기기가 오락실에 들어온 당시만 하더라도 사람들은 이 괴상망측하게 생긴 기기를 호기심 어린 시선으로 바라볼 뿐이었다.

그러다가 웬 커플의 젊은이다운 호기가 발동했는지, 한 남자가 동전을 넣었고.

「으엇? 으힉? 으엑? 이건가? 이렇게?」

그가 음악에 맞춰 열심히 발판을 밟는 사이, 하나둘 사람들이 모여들기 시작했다.

역사적인 첫 DDR 플레이어는 선방하였으나 초보자 난이도의 벽을 넘지 못했고.

「오빠, 한 번 더 해 봐!」
「그, 그럴까?」

재차 도전을 이어 가는 사이, 기기 옆에 동전을 올려놓는 사람들이 생겨났다.

사람들이 모여들고 저마다 대기 순번을 기다리는 건 순식간이었다.

심지어, 이 인파의 군집은 오락실 바깥에서 '무슨 일인가' 싶어 기웃거리는 사람들마저 불러왔다.

핸드폰이 보편화되지 않은 이 시기, 누군가는 약속 장소가 아닌 이 DDR 기기 앞에서 우연 아닌 우연으로 사람들을 만났고, 그런 식으로 자연스럽게 오락실 DDR 기기 앞은 새로운 약속 장소로서 구심점 역할을 해내게 됐다.

오락실 입장에서도 이는 크게 고무적인 일이었다.

「오락실 점주가 그 자리에서 기기 추가 주문을 넣더라고.」

조인영은 어깨를 으쓱이며 잰 체를 했는데, 비록 내 지시가 있었다곤 해도 DDR을 개발 초기부터 관리해 온 건 조인영의 공이었으니.

그때만큼은 나도 보너스를 듬뿍 안겨다 주며 조인영과 공가희의 공을 치하해 주었다.

이후 아직까지 인터넷이 자리 잡지 않은 상황에서. PC통신을 중심으로 이런저런 동호회가 생겨나기 시작했다.

그들은 단순히 화면만 보고 콤보를 쌓아 고득점을 얻는 것에서 그치지 않고, 발판을 밟아 나가는 중 어떤 동작으로 '폼나게' 퍼포먼스를 이어 가면 좋을지를 연구하기도 했다.

'뭐, 관련해선 천희수의 자문을 받은바 있으니, 리듬의 흐름에도 스텝이 자연스러울걸.'

이런 식으로, DDR은 사실상 출시되자마자 선풍적인 인기를 끌어모으며 일종의 문화 현상까지 번졌는데, 몇 달 전에는 예능 프로그램에서 연예인을 모아 두고 그 자리에서 DDR을 플레이하는 모습이 공중파로 송출되기까지 했다.

물론 SJ소프트웨어에 사전 문의 따윈 없었다.

'이 시대엔 여전히 저작권 따윈 안중에도 없군.'

하지만 뭐, 그 자체는 내 돈 들이지 않고 하는 홍보였으니 그냥 넘어가 줬지만.

그 과정에 나도 예상하지 못한 효과가 있었다.

「즐거워요! 운동도 되는 거 같고요.」

길거리 인터뷰.

「적절한 운동은 심신 양쪽에 큰 이익을 가져다주며………..」

어딘가의 대학 교수.

「이는 게임의 순기능이라고 할 수 있지요. 머지않아 찾아올 21세기의 게임은 이렇게 변하지 않을까요.」

시사 프로그램에 나온 어떤 패널 등등.

이번 일을 계기로 게임이라는 장르가 음지에서 양지로 나오게 됐다.

불과 얼마 전까지만 해도 게임이며 만화 같은 서브 컬처 장르가 걸핏하면 무슨 듣도 보도 못한 단체에 시비가 걸리며 공공연히 천대받던 걸 생각해 보면……..

'아니, 그런 색안경 자체는 내가 살았던 근 미래에도 근본이 크게 변하진 않았지.'

비단 한국의 문제는 아니다.

일본이나 미국만 하더라도 엽기 살인, 대규모 총기 난사가 있을 때면 심심찮게 두들겨 맞는 것이 게임과 만화였다.

'국내에서도 그런 경우가 왕왕 있었고.'

게임에 무지한 나였지만, 언젠가 친동생을 살해한 범인의 행동 동기가 '게임'에 있었다는 언론 보도는 나도 접한 바 있었다.

그러면서 그들은 범인의 방에 놓여 있던 게임인 〈이스 이터널〉을 범인의 심리에 지대한 영향을 끼친 원흉으로 지목했는데, 그 게임이 표하는 방향성과 아기자기한 시스템을 알고 있던 게이머들은 이에 크게 반발하며 적잖은 갑론을박이 벌어졌더랬다.

그런 여론에 반박하고자 게임 잡지에서도 '이런 게 폭력적인 게임이냐'며 〈이스 이터널〉을 번들로 내놓을 정도였다.

'게임에 등장하는 창이나 칼이 원인이랬지. 정말, 귀에 걸면 귀걸이라더니.'

학부모들은 제 자식이 공부를 못하는 이유를 유전자가 아닌 다른 곳에서 찾으려 했고, 정치인들은 그런 유권자의 바람을 잘 알았다.

더군다나 이렇다 할 힘이 없는 게임 개발사들은 걸핏하면 이런저런 단체에 삥을 뜯기는, 이른바 손쉬운 호구였고.

오롯이 그런 이유 때문만은 아니지만, 그래도 잠재력이 있던 국내 게임 개발 환경이 어느 정도 선에서 그치며 무너져 내린 것도 그런 환경과 아주 무관하진 않은 일이었다.

그러니 모처럼 찾아온 DDR을 향한 호의적인 여론을 잘만 이용하면, 장기적으로도 나쁘지 않은 이야기가 될 수 있겠다는 생각이다.

'국내에선 게임의 영향력을 과소평가하는 경향이 크지. 거기서 벌어들이는 돈이 어지간한 문화 사업보다 큰돈이 된다는 것도 은근히 모른 척 넘어가니까.'

당장 국내의 모 게임의 중국 매출만 조 단위의 돈이 오가는 시장인데, 한국은 이를 걸핏하면 각종 규제로 걸고넘어지며 눈 가리고 아웅 하는 사이 글로벌 마켓 시장으로 나아갈 기회를 놓쳤다.

'DDR만 하더라도 지금 해외시장에서 제법 눈독을 들이는 중인데 말이야.'

관련해서 DDR의 가정용 이식과 전용 기판을 마련해 노를 저어야 할 SJ소프트웨어의 입장이었지만, 이미 아케이드 버전을 준비하며 동시에 가정용 기판 개발까지 마쳐 두고 지금은 출하만 기다리는 상황.

그래서 해당 서류는 A나 B가 아닌 C 항목의 서류에 둘 수 있었다.

다만, 그 과정에 여타 '짝퉁'들이 슬며시 고개를 들어 올리는 중이었다.

관련해서 유상훈 변호사는.

「어딜 가나 잘나가는 분야에 숟가락을 얹어 보려는 부류가 있기 마련이죠. 뭐, 이쪽이 특허를 쥐고 있으니 소송전으로 나가면 그만이긴 합니다만.」

　기다렸다는 듯 관련 소송 서류를 준비해 두고 나를 만났
다.
　거기에 나는 대놓고 고개를 저었다.

「아뇨, 내버려 둘 겁니다.」
「예? 그게 무슨 말씀이십니까? 이건 저희가 무조건 승소
할 수 있습니다.」

　물론 특허는 우리가 쥐고 있었지만, 나는 전생에 코나미가
저질렀던 과오를 반복할 생각이 없었다.
　게이머들 사이에선 '코나미가 코나미했다'는 말이 있다.
　이는 게임 개발사로서 역량과 무관하게 장기적인 경영 전
략 면에서 삽질을 거듭해 여러 기회를 날려 먹었던 코나미를
일컬어 냉소하는 이야기로.
　전생엔 DDR을 비롯한 각종 리듬 게임이 사회현상으로 번
지며 성장하려는 때, 코나미 측은 자사의 특허와 권리를 침
해한다며 여기저기 고소를 넣은 바 있었다.
　이는 스트리트 파이터를 개발한 캡콤이 '방향키와 버튼 조
합으로 필살기가 나가는 시스템'에 관한 특허를 공개함으로
써 대전격투 게임 장르가 발전을 거듭한 것과 정반대의 행보

였다.

그 바람에 리듬 게임 시장 전체가 발전할 기회를 놓치며 결국엔 그저 그런, 하는 사람만 하게 되는 장르로 남고 말았다.

'황금 알을 낳는 거위의 배를 가른 거지.'

관련한 내용을 에둘러 이야기하자 유상훈 변호사는 고개를 끄덕이면서도 아쉬운 듯 입맛을 다셨다.

「장기적으로 본다면야 사장님 말씀이 백번 옳습니다. 하지만 '악화가 양화를 구축한다'는 말도 있지 않습니까?」

「그렇죠.」

나는 그 말을 부정하지 않았다.

'악화(惡貨)가 양화(良貨)를 구축(驅逐)한다.'

경영학에선 심심찮게 나오는 말이었고, 그 의미는 시대가 지나서도 퇴색하지 않는 금언이었다.

〈(잊을 만할 때 돌아온)경제 극장 악화와 양화 편〉

(머릿속에 아랑페즈 협주곡이 들린다)

나는 우여곡절 끝에 우유가 들어간 아주 달고 맛있는 A밀크초콜릿을 개발했다.

나 : 이 A밀크초콜릿이라면 원가를 고려해서 1,500원쯤은 받아야지.

이후, A밀크초콜릿은 불티나게 팔려 나간다.

철수 : 우유가 듬뿍 들어간 밀크초콜릿이라. 괜찮겠군. 이
      건 국 따로 밥 따로가 아닌 국밥 같은 개념인가?

그리고 철수는 우여곡절 끝에 우유가 들어간 B밀크초콜릿
을 개발하지만, 어째 A밀크초콜릿 같은 품질이 나오지는 않
았다.

당연한 이야기였다. A밀크초콜릿은 내가 몇 년간 연구개
발을 거친 끝에 나온 것이었으니까. 이를 A밀크초콜릿의 성
공을 보며 뒤늦게 뛰어든 B밀크초콜릿이 품질 면에서 경쟁
할 수 있을 리가 없다.

철수 : 으음, 이대론 A밀크초콜릿을 이길 수 없어. 하지
      만 A밀크초콜릿으로 인해 초콜릿 시장 자체는 확
      장되었는데. 좋아, 나는 B밀크초콜릿은 1,000원에
      팔겠어!

철수가 만든 B밀크초콜릿은 당사처럼 '우유가 듬뿍 들어간
초콜릿'을 캐치프레이즈로 내세우며 이를 시장에 내놓았다.

민수 : 요즘 우유가 들어간 밀크초콜릿이 인기라지? 어디
      보자 A는 1,500원, B는 1,000원. 이건 당연히 B를
      먹어 줘야지.

민수는 시장에서 가격 경쟁 우위에 선 B밀크초콜릿을 선
택하지만, 어째 소문이랑 달리 맛이 괴상하다.

민수 : 퉤퉤! 대중들이란 이런 저급한 것을 섭취하고 살았

단 말인가? 훗. 이 김민수, 두 번 다시는 밀크초콜
릿을 쳐다보지 않으리라. 아니, 앞으론 초콜릿을
끊겠다!

그 결과, 밀크초콜릿 시장뿐만 아니라 초콜릿 시장 전체가
크나큰 타격을 입고 시장 자체가 붕괴되기에 이른다.

나 : 철수……. 어째서 이런 짓을?

철수 : ……영희를 몰락하게 한 경제 극장을 부순다. 내겐
처음부터 그 생각뿐이었다.

나 : 너…….

철수 : 그래, 영희는 나의 짝꿍이었다. 하지만 너의 공매
도 이후 영희는 집에서 허구한 날 우유만 들이켜는
우유 중독자로 전락하고 말았지. 나는 그런 너를
용서할 수 없어!

……저번엔 내가 준 공매도 수수료 500원을 좋다고 받아
든 주제에 2탄에 들어선 철수의 캐릭터가 붕괴되어 있었다.

나 : 흐음, 이게 소포모어 징크스인가. 아무래도 3탄은 나
오기 힘들겠군.

그렇게 1탄의 성공에만 기대 계획 없이 2탄을 만들었을
뿐, 더군다나 꼴에 후속작의 가능성을 암시한 상황에서.

〈경제극장 악화와 양화 편 끝〉

즉, 이는 소위 말하는 양화(즉 정품이며 원조)가 흥하면 악화

(원조를 흉내 내곤 있으나 질적인 면에선 급이 떨어지는 짝퉁)가 범람하기 마련이고, 시장은 이러한 질이 낮으면서 가격 경쟁력 면에서나 우위를 점하는 이 짝퉁을 소비하며 자연스레 진품의 값어치마저 떨어트린단 이야기다.

'그러다가 뭐가 원조고 가짜인지 모를 상황에 이르러선 거품이 꺼지며 관련 시장 자체가 주저앉고 마는 거지.'

그러니 유상훈 변호사의 우려도 짐작 못 할 바는 아니었으나.

「그렇게 되지 않도록 밀크초콜릿 기술을 공개하도록 하죠.」

「예? 밀크초콜릿?」

「그런 게 있습니다. 아무튼, 이렇게 된 이상 악화가 되지 않게끔 관련한 기술을 처음부터 제휴해 주는 거죠.」

나는 유상훈 변호사에게 싱긋 웃어 보였다.

「저라면 차라리 시장 자체를 키우는 전략으로 가겠습니다.」

6장

한편 모든 일이 마냥 순조롭기만 한 것은 아니었다.

게임과 관련해, SJ컴퍼니 산하의 SJ소프트웨어는 해외 유수의 명작 게임 리메이크 이식뿐만 아니라 유통사이자 스폰서로서 국내 게임 개발 지원에도 힘썼는데.

개중엔 넥스트의 임정주가 SJ소프트웨어의 투자를 받아 개발 중인 온라인 게임 〈바람의 왕국〉도 포함되어 있었다.

거기서 나는 그의 한국대학교 동창이자 넥스트의 공동 창업자인 김재경을 만났다.

나는 그가 〈바람의 왕국〉에 이어 최택진이 만들 〈리니스〉의 개발에도 크게 관여한 인물임을 알고 있었기에 김재경의 합류를 상당히 고무적으로 보았던 터였으나.

'······나랑은 안 맞아.'

관련해서 임정주는.

「그 형이 다른 사람 말을 잘 들을 인물은 아니지.」

말하며 쓴웃음을 지었다.

그는 뭐랄까, 임정주며 최택진과 비슷한 세대에 한국대학교 출신의 게임 개발자란 프로필을 제외하면 느낌이 사뭇 달랐다.

굳이 비교하자면 내 휘하의 조인영이 초면에 보이던 싸가지 없던 모습에서 나이와 역량이 부쩍 올라간 상위 호환의 행태라고 봐도 좋을 것 같다.

그러나 조인영의 경우는 내가 처음부터 고삐를 쥐고 통제할 여력이 있었다는 것에 반해, 김재경은 내가 통제하기 힘든 인물이었다.

그는 돈에도 관심이 없었고, 설령 떼돈을 번다 할지라도 그 돈을 게임 개발에 들이부을 그런 사람이었으므로.

이를 두고 천상 개발자라고 봐야 할지, 어떨지. 다만.

「이게 대체 무슨 재미가 있다는 거야?」

공동 창업자인 임정주와도 〈바람의 왕국〉 개발 및 방향성을 두고 사사건건 의견 충돌을 빚기 일쑤였고.

「아직 일이 남았잖아. 잠은 죽어서도 잘 수 있어.」

휘하 개발진에게 꼽을 주며 사사건건 시비를 건다거나.

「돈 벌려고 게임 만드나? 우리는 역사에 한 획을 긋는 거
야.」

그 스스로 높은 기준점을 세우고 다른 사람들이 이에 부합
하지 않으면 쫑코를 놓기 일쑤였다.
그저 말뿐인 인물이라면 모르겠으나, 김재경은 게임 개발
자이자 기획자로서 역량이 우수한 동시에 스스로의 기준에
자신을 맞추려 부단히 노력하는 인물이기도 했다.
'천재형에 노력가라. 직급에 따라선 유용하지만.'
문제는 그가 넥스트의 공동 창업자란 사실이다.
그는 누군가의 명령에 따르는 것을 끔찍이도 싫어했고, 그
렇다 해서 그 완벽주의 기질이 넥스트의 공동 창업자이자 오
너로서 바람직하냐고 물으면 그렇지만도 않았다.
'좋은 상사란 무릇 어느 정도는 게을러야 하는 법이거늘.'
그걸 두고 어째 김민혁은 '네가 할 말이냐'며 한소리 하긴
했지만, 어쨌건, 내 지론과 경험상으론 그러했다.

여러 기업이 창발적 인재니 뭐니 하는 소릴 해 대며 또 그런 사원을 휘하에 두고 싶어 하지만 실상 그들을 감당할 수 있는 회사는 몇 되지 않는다.

회사라는 건 우수한 누구 한 사람이 온전히 책임을 완수할 수 없는 구조이며, 따라서 기획, 재정, 인사, 유통, 홍보 등 여러 요소가 톱니바퀴처럼 맞물릴 때 시너지를 일으키며 기업이 성장하는 동력으로 작용한다.

그러니 오너로서 때로는 타협, 때로는 도전을 해 가면서 동시에 부하를 키우고 합당한 위치에 인사를 배치해 가며 자사의 역량을 가늠해 회사를 운영해야 하는 것이 경영의 묘리이고.

또한, 이런 변수는 회사가 비대해질수록 비례해 커지기 마련이다.

조부인 이휘철이 걸핏하면 말하곤 하던 '경영이란 결국 사람에서 비롯하는 법'이라는 것도 그와 무관하지 않으리라.

그러잖아도 SJ컴퍼니는 여러 사업을 성공리에 안착시키며 IMF 직전의 끝물을 만끽하는 중이었다.

나로서는 이제 예전처럼 세세한 부분을 일일이 컨트롤하기 벅찬 와중, 사건이 터지고 말았다.

'공동 창업자로서 넥스트의 지분을 처분하길 바란다, 라.'

결국 캐주얼한 게임성을 가치로 삼는 임정주와 타협을 모르는 김재경의 관계가 삐걱거리게 되었던 건 역사와 마찬가지였다.

'아니, 조금 달라.'

전생엔 김재경도 〈바람의 왕국〉을 완성할 때까진 붙어 있었건만 이번엔 어떻게 된 일인지 한창 개발 와중인 이 시기에 일이 불거지고 말았다.

'아무리 김재경이어도 그렇지, 〈바람의 왕국〉을 시장에 내놓고 주식 가치가 오른 뒤 손절해도 늦지 않을 텐데.'

관련해서, 유유상종이라고 김재경과 제법 친하게 지내고 있던 조인영은 시큰둥한 얼굴로 말했다.

「왜긴 왜야, 너 때문이지, 뭐.」

업무 종료 후 단둘뿐인 자리에서는 평소처럼 말을 놓는 조인영이었다.

「예? 제가 왜요?」
「몰라서 물어? DDR이 대박을 쳤잖아.」
「……그게 넥스트 김재경 이사의 계약 파기랑 무슨 상관이 있다는 건지, 저로선 잘 모르겠는데요.」

조인영은 '나 참' 하고 사장실에 비치된 소파에 등을 붙였다.

「그야, DDR이 형식상으론 나랑 콩가리(공가희)가 개발한 거라고 알려져 있지만, 실제론 성진이 네가 즉석에서 끼적거린 종이 한 장에서 출발한 프로젝트였단 건, 이 빌딩 사람이면 누구나 아는 사실이잖아?」

「그랬어요?」

「정말로 모르는 건지, 알면서 모른 척하는 건지……. 아무튼 그 뒤로 재경이 형이 생각이 많아졌더라.」

하긴, 근래 들어선 얌전했다고 들었다만.

그게 퇴사를 고려할 만한 사유로 이어졌다는 건 나로서는 납득하기 어려운 이야기였다.

「그 형이 줄곧 말하던 거 있잖아. '게임으로 세상에 한 획을 긋겠다'였나, 뭐, 아무튼 그런 거.」

조인영은 말하면서 꼰 다리 끝을 까딱거렸다.

「그런데 너는 그걸 아무렇지도 않게 뚝딱 해내 버렸단 말이지. 재경이 형 말로는 '나로선 생각해 본 적 없던 방식'으로 말이야.」

「아무렇지도 않았던 건 아니죠. 형도 알겠지만 그 과정에 얼마나 우여곡절이 많았는데요. 그저 만들기만 할 뿐이 아니라 여기저기 자문도 구해야 했고, 음원 저작권 관련해서도 따내느라 힘들었는데.」

「아, 우여곡절이야 많았지. 하지만 게임 개발 자체만 놓고 본다면 콩가리의 징징거림에서 기획이 뚝딱하고 나왔단 것도 맞잖아?」

나는 수고로움의 과정이 결과론으로 퉁치고 넘어가는 걸 좋아하지 않는 편이었지만.

조인영은 그러거나 말거나 담담하게 말을 이었다.

「평소 이런저런 생각이 많던 사람이야. 그런데 웬 국민학생이 그걸 뚝딱하고 해치워 버렸으니……. 이런 말을 하긴 좀 뭣하지만 그 형도 자존심이 오죽해.」

「이상한 일에 자존심을 세우시네요.」

내 대답이 어땠는지, 조인영은 픽 하고 쓴웃음처럼도 보이는 얼굴을 했다.

「야, 야. 내가 말한 건 어디까지나 게임이라는 분야에 한정한 이야기야. 방금은 DDR을 예시로 들었지만, 올해 들어서 네가 한 것들을 생각해 보면 윈도우95 유통에 조립식 컴퓨터 시장, MP3 플레이어, 시저스에 햅반 등등 손에 꼽기도 힘들 만큼 여러 개였잖아?」

「…….」

「나야 뭐, 이젠 그러려니 하지만.」

조인영이 어깨를 으쓱였다.

「가끔 널 보고 있노라면 힘이 빠질 때가 있어.」

그런 조인영의 말은 나로 하여금, 그간 내 행동을 재고하게 만드는 요소로 작용했다.

'역시 재무제표의 결과만 역사에 영향을 끼치는 것이 아니군. 이런 식의 나비효과는 바라지 않았는데.'

나로선 모쪼록 원래 역사와 다른 변수를 줄여 가는 것이 앞으로의 사업에도 도움이 될 터이나, 김재경의 예정보다 빠른 퇴사는 차후 AC의 최택진이 개발할 〈리니스〉에 어떤 의미로든 영향을 끼칠 것이었다.

'지금으로선 그게 독이 될지 약이 될지 모르겠지만.'

나는 관련 서류에 서명을 마친 뒤, 이를 구석으로 밀어 놓았다.

3. 즉석밥

동시에 이태석으로부터 임대한 구미 공단에선 S&S의 즉석밥 브랜드인 햅반을 생산, 초도물량이 전국 각지로 출시되었다.

여기에도 우여곡절이 적잖았으나, 그래도 96년쯤 발매되었던 전생에 비하면 그 시기가 빨랐다.

햅반의 소비자 권장가격은 1,000원.

이는 짜장면 한 그릇이 2,000원을 호가하는 95년 물가에 비해서도 비싼 편이었지만, 햅반은 출시되자마자 재고가 쌓일 틈도 없이 팔려 나갔다.

나로선 예상하지 못한 어닝 서프라이즈인 셈이었는데.

'흐으음, 그야 전생에도 햅반이 신화식품의 대표적인 효자 상품이긴 했지만, 당시에도 이 정도 호평은 아니었을 텐데, 희한하군.'

그러다가 나는 비서가 스크랩해서 건넨 신문의 논평을 읽었다.

    햅반의 成功(성공)으로 본 身土不二(신토불이)의 可能性(가능성)

논평에 기재된 분석에 따르면, 자사의 햅반이 시장에서 불티나게 팔려 나간 건 여러 요인이 있으나, 개중 올해 정부가 WTO(세계무역기구)에 출범하며 맺은 FTA(자유무역협정) 과정에 쌀 시장 개방과 관련해서 흘러간 낭보 때문이었다는 내용이었다.

사뭇 비판적인 논지에 비약이 섞이긴 했으나, 내 기억 속의 협반과 그 성과를 연역해 비교, 추리해 보니 그럴 법도 하겠단 생각이 들었다.

　'만일 그렇다고 한다면 크게 의도한 바는 아니었지만……
시기상 운이 좋았는데?'

　그러잖아도 마침 작년의 우루과이라운드에서 비롯한 신토불이 운동이 전국적으로 확산세에 이르러 있었는데, 마침 마케팅 팀은 이를 의식하기라도 했는지 경기도 이천의 농지와 전속 계약을 맺었단 사실을 전면에 내세웠더랬다.

　'아니지. 운이 좋았을 뿐만은 아니야. 요지는 그 행운을 어떻게 움켜쥐느냐지. 당시만 하더라도 왠지 마케팅 측에서 경기도 이천 쌀임을 과하리만치 강조하던 게 의아하긴 했지만……. 이 시대엔 아직도 이런 게 먹혀들었군.'

　즉, 이는 시대의 흐름과 유행, 신제품 발매에 따른 호기심과 품질에 관한 입소문, 그럴듯한 구매 명분 의사가 합쳐져 시너지를 낸 결과였다.

　해당 마케팅은 삼광 그룹의 계열사인 제화기획에게 맡겨 두었는데, 마침 제화기획 측에서도 이런저런 상품이 밀려 신흥 광고전략팀을 급히 꾸렸더란 이야기를 들은 바 있었다.

　'급조한 팀치곤 제법인걸. 흐음. 제화기획 마케팅 기획3팀의 홍상훈이라.'

　나는 관련한 이름 석 자를 기억해 두기로 했다.

하나 이런 품귀 현상을 빚어낸 당사의 성과가 마냥 좋게만 흘러간 건 아니었다.

몇몇 매장에선 이러한 수요공급 비대칭에 따른 햅반 품귀 현상에 기대 햅반을 미끼 상품으로 삼아 악성 재고 레토르트를 떨이로 내놓는 경우도 왕왕 있었다.

그런 상술에 욕을 먹는 건 유통 매장이어야 마땅하건만, 어째 비난의 화살은 우리를 향했다.

'그건 좀 억울한데.'

하지만 인생지사 새옹지마, 전화위복이라 했던가.

그런 여론을 의식하기라도 했는지, 혹은 거기서 계기를 획하기라도 한 양 S&S의 공동 출자자인 신화식품과 해림식품 측에서 별도의 전문 유통 매장을 내 보자는 제의가 왔다.

심지어 해림식품의 정대성은 회사로 직접 나를 찾아오기까지 했는데, 이왕 이렇게 된 거, 판을 한번 크게 키워 보잔 견지였다.

「S&S의 시장 경쟁력을 고려하면 충분히 해 볼 만한 사업인 것 같지 않습니까?」

해림식품으로서도 이왕 신화식품과 손을 잡은 김에 소매 유통 시장에도 구미가 당기는 듯했다.

'그러잖아도 대형 마트는 줄곧 생각해 오고 있던 차야.'

애당초 급식에 손을 댄 것도, 장기적으론 이 유통망을 확보하기 위함이었으니.

「신화식품과 해림식품의 유통망을 활용한다면 이를 전국적으로 유통하는 것도 충분히 가능하고요. 음, 이를테면…….」

그러면서 정대성이 예시를 들어 가며 한 말이 '월마트'였다.
'월마트라……. 뭐, 그야 국제적으로는 대단한 회사이긴 하지.'
한국에서는 현지화를 고려하지 않은 전략 탓에 철수하고 말았지만.
'그것도 하기 나름이고.'
하지만 대형 마트의 입점엔 생각 이상으로 고려해야 할 요소가 많았다.
대형 마트라는 이름에 걸맞게끔 관련 부지 확보며 건축, 자사가 간접적으로 취급하는 농작물뿐만 아니라 각종 공산물의 확보, 마트의 인력 수급까지.
근래 들어 SJ컴퍼니가 암만 재미를 보고 있다고는 해도 여기에 드는 기초 자본은 가히 몇천 억가량이 담보되어야 가능했고, 이는 건실한 대기업인 신화식품과 해림식품의 도움이 있다 하더라도 마냥 쉽지만은 않은 이야기였다.

'지금 당장 시작한다고 해도, 몇 년은 걸릴 대규모 사업이야.'

거기에 내가 계획 중인 전국적인 유통망 확보와 추후 이를 이커머스 사업까지 확대하려면 못해도 전국 각 광역시별로 지점 하나씩은 마련해야 하니, 들이는 비용만 하더라도 가히 천문학적.

그야 작정하고 덤벼들기 시작하면 못 할 것도 없는 일이었지만, 시기가 문제였다.

'지금으로부터 불과 몇 년 뒤엔 IMF가 찾아오지.'

그런 상황에 대형 마트를 짓고자 은행 대출이며 상장으로 목돈을 끌어오는 건, 사실상 파산하길 손가락 빨며 기다리겠단 이야기나 진배없는 내용이었다.

'성공 방법과 방향은 얼추 알고 있지만 그것도 어디까지나 시기의 문제고.'

반면 내게 이를 제의한 정대성에겐 대형 마트의 존재가 대한민국의 황금기와 저렴한 금리에 힘입어 당장 뛰어들어야 할 사업으로 비쳤으리라.

「그러니 저로선 S&S를 상장시켜서 자본을 키운 뒤 이를 준비하는 게 어떨까 싶군요.」

그러면서 정대성은 은근슬쩍 투자자로서 S&S의 비상장

노선 경영 선회를 언급했다.

'하긴 정대성의 입장에선 지분을 쪼개는 한이 있더라도 회사를 상장시켜 원금을 불리고 싶겠지.'

목마른 사람이 우물을 파는 법이라고, 정대성은 그에게 찾아온 커다란 기회를 놓치고 싶어 하지 않았다.

나 역시 정대성의 입장을 모르는 바는 아니다.

해림식품의 정재훈 회장은 여느 재벌 오너들처럼 전문경영인을 들이는 대신 직계 자손에게 경영권이 승계되길 바랐다.

관련해선 정대성 전무며 제니퍼도 이를 잘 알고 있었고, 이는 둘의 의사와는 무관하게 처음부터 정해진 일이었다.

'뭐, 나만 하더라도 다를 바 없지. 내가 가진 바이올린의 재능은 이미 관련해서 꽃 피울 겨를 조차 없었으니까.'

제니퍼의 경우, 이러한 '가업'을 물려받는 일에 부정적이었다.

'그러니 정재훈 회장이 개입하는 일이 없도록 젊어서부터 무리해 개인 사업을 벌여 두는 것이지만.'

반면 정대성은 '가업'을 물려받는 일 자체엔 긍정적이었으나, 식품 사업이라는 틀에 얽매이는 것을 싫어하는 입장.

'야망이 크다고 해야 할지.'

지금 정대성이 제안한 대형 마트의 경우도 어느 정도는 그가 몸담은 식품 회사의 영향이 있으나, 대형 마트에게 식품이란 그것을 아우르는 요소 중 일부일 뿐이다.

이는 오히려 물산이라 불러야 할 것이었고, 이는 정대성이 그리는 큰 그림에도 퍽 부합하는 편이었다.

더욱이 정대성은 그 아버지인 정재훈에게 사업적 수완을 평가받아 알짜배기 사업을 챙기고 싶은 열망으로 가득했다.

'S&S에 지분 참여로 합류한 정도로는 부족하단 거겠지.'

때마침, 제니퍼의 시저스는 분점을 바라볼 만큼 성장한 상태.

해림식품의 규모에 비하면 이렇다 할 매출이 나오는 건 아니었지만, 중요한 건 제니퍼가 이렇다 할 재정적 지원 없이 혼자만의 힘으로(물론 내 존재를 배제할 수는 없지만, 사정상 넘어간다 치고) 이룩한 성과였단 점이었다.

그러니 시저스와 관련한 사항은 정재훈 회장의 귀에도 속속들이 전달되었을 것이며, 관련해 승계 시의 몇몇 사업부는 제니퍼가 물려받는 것이 적합하지 않겠느냐는 논의가 나오는 상황.

반면에 정대성이 개입해 있는 S&S는 어디까지나 신화식품이 다 차려 둔 밥상에 숟가락만 얹은 것에 불과했으며, 그마저도 해림식품의 위광에 힘입은 성과였을 따름이다.

'그나마 정대성이 처음엔 고사하려던 사업이었단 것까진 알려지지 않은 게 다행이지.'

그러니 정대성으로선 분할 승계가 확정된 상황에서 어떻게든 성과를 보이고 알짜배기 사업체를 손에 거머쥘 명분이 필요했다.

'아이러니한 건, 결국 원래 역사에서 정대성의 사업 실패로 해체 위기였던 해림식품을 일으켜 세운 것이 제니퍼의 딴주머니 덕이었다는 거지만.'

멀리서 지켜보면 정대성의 전략도 나쁘진 않았다.

하지만 그 패착은 그 머릿속에만 완벽한 세계를 갖고 있었단 점이었다.

그랬던 그로선, 내가 편집적이리만치 비상장 회사를 고집하는 까닭을 알지 못할 것이다.

나는 관련한 내용에 '어떻게 하면 IMF 언급을 피하며 거절할까' 생각하다가, 나쁘지 않은 아이디어를 떠올렸다.

'그래, 지금 당장 S&S가 주도할 필요는 없지 않나?'

더욱이 잘만 하면.

나는 속내를 감춘 채 미소를 지었다.

「저로선 솔깃한 제안이지만, 자사의 경영 방침이 아주 자유로운 것은 아니어서요. 전무님도 아시다시피 S&S의 모회사인 SJ컴퍼니는 삼광전자의 자회사에서 출발한 계열사입니다.」

내 말을 들은 정대성은 자세를 고쳐 앉았다.

「예, 그건 저도 알고 있습니다만 모회사의 입장과는 달리

S&S의 경우는 자사와 신화식품 측의 공동출자로 설립된 회사이지 않습니까? 그러니 진행 과정에 큰 차질은 없으리라 생각합니다.」

「흐음…….」

나는 일부러 보란 듯 미적지근한 반응을 보여 주었다.

그러면서 나는 이제 와선 사실상 유명무실해진, 그러면서 명분만 남은 삼광전자의 채권을 언급했다.

「하지만 자사의 지분 비율에 삼광전자가 어느 정도 자리를 차지하고 있는 상태에서, 월마트 같은 대형 유통 매장을 창설하는 건 의사결정 과정에 난항을 겪지 않을까 합니다.」

「벌써 그런 조짐이 보이고 있군요.」

정대성은 가벼운, 하지만 속이 묵직한 농담으로 내 말을 받았다.

그러다가 정대성은 넌지시, 하지만 미리 준비하고 온 것이 분명한 이야기를 슬쩍 떠보듯 꺼내 들었다.

「이성진 대표이사님. 혹시나 해서 여쭙습니다만, SJ컴퍼니에 뉴월드백화점의 지분도 포함되어 있습니까?」

불과 몇 달 전, 삼풍백화점과 관련한 모략에서 SJ컴퍼니의 경영고문인 이휘철이 개입했다는 건 업계에 퍼진 공공연한 비밀이었다.

관련해서 이렇다 할 물적 증거는 없었지만, 이휘철이 삼풍백화점의 신기현 회장과 밀담이 오갔고 그로부터 얼마 지나지 않아 삼풍백화점을 향한 정부의 전수조사가 실시되었다.

그 과정에 삼풍백화점이 뉴월드백화점과 대구 부지를 두고 입찰 경쟁에 들어갔던 건 유명한 이야기.

이후 삼풍백화점이 무너지며, 동시에 이 공룡이 부도 처리되면서, 표면적으로 가장 큰 이득을 챙긴 건 다름 아닌 내 외가인 뉴월드백화점이었다.

'대구 부지는 결국 경매로 나온 걸 뉴월드백화점이 헐값에 사들였지.'

그러니 정대성으로서는 대형 마트라고 하는 신규 시장에 혹여 이미 뉴월드백화점 측과 모종의 협약이 진행 중인 것은 아닌지, 의심하는 중이었다.

대규모 물산으로 물류를 유통한다는 것에 있어선 백화점도 크게 다르지 않았으니까.

만일 이미 뉴월드백화점과 삼광 그룹이 손을 잡은 상태에서 이야기가 진행 중이라면, 삼광으로선 인척지간인 뉴월드 측과 일을 진행하는 것이 응당하며 이는 계열사의 자회사에 불과한 SJ컴퍼니며 S&S가 움직일 것이 아닌 그룹 차원에서 움직일 대규모 사업도 고려해 봄 직했다.

하지만 이휘철이 뉴월드에 일방적으로 뒤를 밀어주었으리란 세간의 추측과 달리 오히려 이휘철은 뉴월드백화점을 그 과정에 이용했을 뿐, 스스로의 욕망에 충실했다.

그는 페이퍼 컴퍼니를 이용, 상장 소문으로 부풀려진 삼풍의 주가에 공매도를 걸었던 건 물론이거니와 부도 과정에 매물로 나온 부동산을 경매로 집어삼켰고 몇 개 업체를 헐값에 인수, 이를 다시 뉴월드백화점에 팔아넘기는 식으로 '세금에서 자유로운' 목돈을 적잖이 챙겼다.

'작정하고 뒷돈을 만들면 이렇게 된다는 예시를 몸소 보여 주었지.'

다만 그 이익금이 어디로 흘러갔는지, 이휘철은 내게도 알리지 않고 시치미를 떼는 중이었다.

'설마 지하에 비밀 기지 같은 걸 짓는 건 아니겠지.'

그 외에도 과정상 정치적인 뒷거래가 몇 가지 있었던 모양이나, 거기까진 나도 헤아려 짐작하기 어려웠다.

'정치판은 미래를 아는 나조차도 어떻게 돌아가는지, 어떤 식으로 돌아갈지 전혀 감이 안 잡히니.'

그건 전생에도 나 같은 '말단'은 손댈 수 없던 곳이었다.

멀쩡한 바위라도 그 아래를 들추면 수많은 벌레가 그 아래에 우글거리고 있으리란 정도만 은연중 느끼고 있을 뿐.

'아니, 벌레뿐만이 아니지.'

언젠가 들은 적 있는 이야기다.

−시체를 묻을 때는 말이지. 깊게 판 시체 위로 흙을 덮은 뒤 그 위로 개를 묻고, 거기에 흙을 덮어 두면.

그는 히죽 웃었다.

−사람들은 개를 볼 뿐, 그 아래에 있는 시체는 보지 못하는 법이지.

그 말을 들었던 때, 나는 바위 아래 우글거리는 벌레와 구멍을 떠올렸다.

그 아래로 빛 한 점 들지 않는 어두운 구멍이 뻥 뚫려 있다.

그곳은 인간의 온갖 욕망이 꿈틀거리는 마굴이었고, 그 아래에 사는 괴물은 온갖 인간을 집어삼키며 몸집을 키운다.

그에 비하면 그나마 재계에 도사리고 있는 물질의 욕망, 물욕은 순수한 편이었다.

그러나 정치판에 도사리고 있는 소위 '야망'이라는 녀석은 자본의 욕망을 집어삼키고 그것을 비늘 아래 덮어 놓았을 뿐만 아니라 잡다한 이해관계가 복잡하게 얽힌 실타래처럼 엉켜 있어서, 나로선 그 시작과 끝만을 희미한 등잔불 아래 어림짐작만 할 뿐.

'이휘철의 바둑 친구라던 곽철용이란 양반도 그러하고.'

나는 작년 이휘철의 생일 때 만난 남자를 떠올렸다.

'여간해선 엮이고 싶진 않지만⋯⋯.'

내 사업체가 몸집을 키워 갈수록, 그들은 내게 '자연스레' 다가올 것이었다.

나는 정대성을 물끄러미 쳐다보다가 고개를 저었다.

「뉴월드 측은 자사의 경영과 하등 관련이 없습니다. 혹여 관련해서 궁금하신 점이 있다면 지분 비율을 공개해 드리죠. 해림식품 측은 응당 그럴 권리가 있으니까요.」

「아뇨, 아닙니다. 저도 혹시 뉴월드백화점과 이번 일을 진행할 수 있다면 좋겠단 생각이어서요. 국내 1위 백화점 사업체인 뉴월드백화점이라면 응당 관련한 노하우가 있을 테니 말입니다.」

정대성은 손사래까지 쳐 가며 속내를 감춘 말로 부정했지만, 그런 피상적인 의미가 아닐 거라는 건 나나 정대성이나 이미 꿰고 있는 이야기였다.

'동시에 제 몫의 지분을 빼앗길 염려를 하고 있겠지.'

나로서도 대형 마트 사업에 외가인 뉴월드백화점과 손을 잡는 건 환영할 만한 일이지만.

'아직은 때가 아니야.'

그쯤 해서 나는 아직껏 남아 있는 의혹을 종식시킬 겸 제안을 던졌다.

「하지만 말씀하신 대형 마트 사업은 저도 흥미가 있군요. 혹시 정대성 전무님께서 관련한 사업 계획이 있으시다면, 저희도 지분 참여의 형태로나마 함께하고 싶습니다.」

이렇게까지 나오니, 정대성은 아직껏 남아 있던 일말의 의혹을 걸어 내며 미소를 지었다.

「그렇다면 해림식품 측에서 관련 사업을 주도해도 되겠습니까?」

「물론이죠. 저 역시 사업 파트너로서 해림식품과 더 많은 일을 할 수 있게 된다면 영광이겠습니다.」

「저야말로. 이번 일은 이성진 대표이사님의 협력 없인 불가능한 사업이니까요.」

그렇게 서로 웃는 얼굴로 악수를 나눈 뒤.

이후, 정대성은 해림식품으로 돌아가 관련한 사업 계획서를 작성하고 이를 내게 보냈다.

나는 해림식품으로부터 온 사문서를 들여다보며 말미에

내 이름을 적어 놓았다.

'……굳이 내가 나서서 밥상을 차릴 필요는 없지.'

나중에.

나로선 대형 마트 건립 중 필연적으로 찾아올 재정적 위기에서 동아줄 하나를 내려 주면 그만인 일이었다.

'그러니 시간이 급하진 않지만, 아주 중요한 일이지. 분류상 C 항목에 걸맞아.'

그 과정에 적잖은 출혈이 예상되지만, 이 정도는 감내할 만한 이야기였다.

D. 시간에 여유가 있으며 크게 중요하지도 않은

1. 아이돌

1995년 9월, 방송계의 가을 개편에 발맞춰 SJ엔터테인먼트 휘하의 천희수가 기획한 아이돌 그룹, SBY가 대중에 첫선을 보였다.

방송계에 인맥이 닿아 있던 국내 최상급의 음반 회사인 바른손레코드와 전략적 제휴, 빵빵한 자금력에 힘입어 아낌없이 지원을 쏟아부었고, 내가 기억하는 한 먹힐 만한 요소란 요소는 모두 집어넣은 데다가 몇 개월에 걸친 혹독한 훈련, 역사가 증명한 천재 작곡가인 공가희가 직접 쓴 곡까지.

1세대 5인조 남성 아이돌 그룹인 SBY는 데뷔하자마자 10

대 소녀 팬들을 집결시키며 선풍적인 인기……를 끌지는 못했다.

'1세대 아이돌로 분류되는 HOT 데뷔가 내년인데. 95년과 96년의 차이가 이렇게 큰 건가?'

95년 가요계는 각종 기록을 갈아치운 김건모의 '잘못된 만남'으로 시작해 룰라의 '날개 잃은 천사'가 바통을 이어받은 뒤 노이즈의 '상상속의 너'가 중반기를 이끌었고, SBY가 데뷔한 9월엔 박미경이 부른 '이브의 경고'가 차트 상위권에서 내려올 생각을 않으며 시장을 휩쓸었다.

더군다나 겨울엔 서태지와 아이들이 'Come back home'으로 돌아오며 SBY가 들어설 자리가 없을 지경.

'이거 참, 전략만으로는 먹히지 않는 게 그 바닥이라곤 하지만.'

이번 아이돌 프로젝트는 암만 나라도 사회현상과 정면 대결해서 맞붙는 건 힘든 일이었다는 걸 자각하게 만든 씁쓸한 결과를 남겼고.

천희수는 나를 찾아와 머리를 긁적였다.

「이만하면 시장에 제대로 먹힐 줄 알았는데, 면목이 없습니다.」

「아뇨. 시대를 너무 앞서간 탓이라고 생각합니다. 시기상 경쟁 상대도 나빴고요.」

아무리 그래도 5주 연속 1위를 석권한 가수며 그룹이 이렇게나 많이 포진한 연도였던 데다가 그 빈 사이사이에도 신승훈이며 DJ−DOC 등 기라성 같은 가수들이 틈을 메꿨다.

'말 그대로 시기가 나빴어.'

한편, 내 말을 들은 천희수는 쓴웃음을 지었다.

「왜요?」

「아, 그게 대표님 말씀이 꼭……. 아뇨, 아무것도 아닙니다.」

예전 실패한 싱어 송 라이터로서의 자신을 보는 듯하단 말을 하려 했던 듯했으나, 천희수 스스로도 그런 말까진 내놓고 하지 않았다.

하지만 '시대를 앞서 나갔다'는 내 말은 딱히 빈말이 아니었다.

그래도 들이부은 시간과 노력에 돈이 아주 헛된 일은 아니어서, 〈가요 톱10〉 같은 프로그램에서 꾸준히 상위권에 안착해 나름 롱런을 이어 가고 있다는 점은 그나마 위안거리였다.

'보통은 반짝하고 말 아이돌 앨범이 반년 가까이 상위권에 안착한 상태로 롱런을 이어 가는 현상이 특이하긴 하지.'

김민혁의 경우, 데뷔 시기부터 SBY의 타이틀곡을 DDR에 수록하거나 해서 대중들 사이에 꾸준히 노출시켰고, 이 판단이 주효해서 그나마 아직 관심이 식지 않고 선방 중인 것이라 분석했다.

실제로 '10대 소녀 팬'을 BM으로 설정했던 당초 예상과 달리, SBY는 성별 불문하고 10~20대 사이에서 제법 인기를 끌어모으는 중이었고, 1집 데뷔 앨범의 누적 판매량도 100만 장을 내다보는 상황이었다.

고로, 나를 비롯한 회사 내부에선 '손해는 보지 않았다'는 정도에서 SBY의 데뷔 성적을 평가하는 수준.

그러나 이는 어디까지나 올해 거둔 SJ컴퍼니의 괄목할 성적과 비교해서 상대적으로 그랬단 의미고, 천희수나 나나 '이로써 새로운 문화 현상을 일으키겠다'는 기대치가 너무 높았을 뿐, 신생 기획사의 데뷔 아이돌 그룹이 이 정도 성과를 올리고 있다는 점만을 고려해 보면 이는 퍽 고무적인 일이었다.

'사실, 엔터테인먼트 업계는 그 시장가치에 비해 고평가되는 경향이 짙어.'

나중에 '한류 열풍'이니 뭐니 하며 아이돌 그룹이 최정상에 이르고 급기야 BTS가 미국 빌보드 차트에 안착하는 때가 왔을 때조차도, 언론에서 대대적으로 떠들어 대는 것과는 달리, 실상 회사가 거둬들이는 돈은 그다지 크지 않았다.

오히려 동시기 한국의 주류 계층에서 괄시받고 천대받으며 걸핏하면 두들겨 맞기 일쑤인 게임 산업이 더 큰 돈이 되고 있었을 정도.

그럼에도 불구하고 내가 이들 아이돌 시장을 눈여겨보고 있던 건, 투자 대비 효율성 때문만은 아니었다.

'그 자체가 문화 현상이기 때문이지.'

여론을 통해 하나의 문화를 만들고, 이를 시장으로 확장할 수 있다는 것.

아이돌이 춤을 추고 노래해서 벌어들이는 돈이 큰 것이 아니다.

그들이 가지고 있는 가능성이 중요했고, 그 가능성이 올바른 방향으로 뻗어 나가면 문화 현상에서 비롯한 사업 방향을 확장할 수 있기 때문이었다.

'뭐, 그것도 어디까지나 문화 현상으로 발전할 수준이 되었을 경우의 이야기지만.'

나는 고개를 저었다.

「가희 누나는 최근에 어때요?」

작년 중순까지만 하더라도 귀찮으리만치 뽈뽈거리며 회사를 헤집고 다니던 공가희가 얌전한 것이 못내 마음에 걸렸던 나였다.

천희수는 내 물음에 씩 웃으며 대답했다.

「가희 말이죠? 요즘엔 철이 들었는지 군말 없이 스케줄을 따라다녀 주던데요.」

「……흐음, 그거 참.」

「좋은 일 아닙니까?」

글쎄.

천희수는 공가희가 절치부심해서 마음을 다잡은 것 정도로 생각하는 모양이지만.

내가 파악한 공가희는 자신의 일과 재능에 자부심이 넘치던 사람이다.

생각해 보면, 공가희는 작년 윤아름에게 온 곡을 편곡하는 것으로, 작곡가로선 성공적인 데뷔를 해냈다.

윤아름이 불렀던 그 단 한 곡의 노래는 94년을 윤아름의 해로 만들었고, 이는 흥행과 비평을 양립하는 성공작이었다.

그러니 공가희는 이번에도 그에 못지않은, 아니 이번에는 처음부터 프로듀싱에 참여했으니 자신만만했던 차였을 터이나.

이번 결과는 상대적으로 영 시원찮은 결과를 불러왔으니 나름 충격이었을 것이다.

내가 아는 공가희의 재능이 만개한 건 2000년대 중후반, 발라드며 R&B의 2000년대 초반 강세 이후 침체되었던 아이돌 그룹이 다시금 재도약하며 가요계가 재편되었을 시기와 맞아떨어졌다.

그러나 이즈음의 그녀는 아직 어렸고, 실상은 한창 배우며 성장해야 할 시기이기도 했다.

　'어쩌면 이번엔 공가희 한 사람에 너무 기댔던 결과일지도 모르겠어.'

　물론 작곡가로서 그녀가 천재임은 분명하나, 원석도 가다듬어야 빛이 나는 법.

「2집은 준비 중이죠?」

「예. 가희도 이번만큼은 다를 거라며 아주 칼을 갈던데요.」

「이번엔 외부에서 작곡가를 초빙하도록 하죠.」

「예?」

　흠칫하는 천희수에게 나는 담담히 말을 이었다.

「가희 누나는 보조 겸 편곡 위주로 배치하시고요.」

「음.」

　천희수는 우물쭈물하더니 슬며시 말을 건넸다.

「괜찮겠습니까?」

「뭐가요?」

「그야 이번 실적이 사장님의 기대치에 못 미친 건 사실입니다만 이만하면 데뷔 앨범치곤 나쁘지 않습니다. 추후 시장의 인지도가 올라가면 사장님이 바라시는 결과도 시간문제일 거라고 봅니다.」

나는 애써 공가희를 감싸려는 천희수를 향해 픽 웃어 보였다.

「내치는 게 아닙니다. 방금 전 말씀드린 시대를 너무 앞서 나갔단 것도 결코 빈말이 아니고요.」

천희수는 그런 나를 물끄러미 쳐다보았고.

「저로선 가희 누나가 현재 음반 시장의 유행에 편승하며 자신을 타협하기보단 한발 물러서서 보다 원숙한 전문가들과 함께 일하며 배웠으면 싶거든요.」

내 말에 쓴웃음을 지으며 입을 뗐다.

「그걸 전달하는 건 제 몫이고요.」
「그럼요. 그게 매니저의 일 아니겠습니까?」

미소를 곁들인 업무 명령에 천희수는 곤란하단 듯이 머리를 긁적였다.

「끄응. 알겠습니다. 관련해선 지시를 따르죠. 마침 업계에
서도 SBY에 흥미를 보이는 사람들이 많으니까요.」
「예. 계약 조건은 가희 누나에게 했던 것과 다르지 않아도
됩니다.」

내가 공가희에게 내건 조건은 예나 지금이나 파격적인 대
우였다.

「곡당 라이센스 판매 수익 말씀이죠? 변함없이 투자엔 아
낌이 없으시군요.」
「말했잖아요? SBY가 몇백만 장을 팔아도 자사의 MP3 플
레이어 라이센스 수익만 못하다고요.」

MP3 플레이어는 해외 수출도 예정되어 있었다.

「쩝, 그렇긴 합니다만.」

천희수는 떨떠름한 얼굴로 수긍하면서 서류를 챙겨 일어
섰다.

「그러면 추후 관련 내용을 종합해서 서류를 올리겠습니다.」

그 결과, 내 손에 들어온 것이 이 D 항목 서류였다.

'천희수에겐 못 할 이야기지만, 어느 정도 실패는 감안하고 있었어.'

비록 바른손레코드의 지원이 있다곤 하나, 인맥 위주의 엔터테인먼트 업계에서 우리 SJ엔터테인먼트는 이제 막 출사표를 던진 것에 불과했다.

'지금으로선 장기적으로 보면서 그 변수를 줄여 가는 수밖에 없지. 잘되면 대박이지만 어느 정도는 운에 기대는 형편이고.'

나는 소위 말하는 양아치 소속사들처럼 젊고 생생한 인재를 반짝하고 이용한 뒤 씹다 버리는 껌처럼 취급할 생각은 추호도 없었다.

내가 기대하는 바는 먼 훗날, 이들 우리 회사에 소속된 1세대 아이돌들이 연예계의 터줏대감처럼 군림하며 끌어올 사업들이었고.

우리는 이들과 함께하며 이를 '의리'로 묶어 둘 작정이었다.

'그런 의미에선 문화예술계 전반에 빚을 지워 두는 것도 나쁘지 않지.'

나는 천희수가 올린 서류에 서명을 마쳤다.

2. 영화

삼광문화재단을 통한 독립 영화 제작 및 지원은 방준호의 영화뿐만 아니라 여타 재능 있는 감독들이 역량을 가늠하는 등용문이 되어 갔다.

삼광문화재단은 제작 과정에 여간해선 터치를 하지 않은 것으로 유명해졌고, 다른 투자자들이 갑질을 하지 못하게 막아 주는 방패막이 역할까지 자처해 주었다.

더군다나 삼광문화재단은 그 '취지에 공감한' 삼광 그룹의 여타 계열사가 기부를 이어 간 덕에 자금도 빵빵했다.

그 결과, 삼광문화재단은 충무로에서 배고픈 영화학도들이 그 투자 승인을 얻으려 줄을 서는 진풍경이 이어졌다.

한편 방준호의 영화는 촬영 막바지에 이르렀고, 윤아름도 최종 편집 과정의 후시녹음으로 스튜디오를 들락거리는 것 외엔 비교적 널널한 스케줄을 보내는 중이었다.

「영화 괜찮아. 시사회 때 너도 꼭 와.」

윤아름은 그새 또다시 성숙해진 모습으로 나를 찾아와 젠체하며 말하곤 했다.

잠시 외도(?)를 마친 윤아름은 다시 드라마판으로 복귀하기 위한 준비에 들어갔고, 그 와중 방준호며 그 휘하 사단이 건너 건너 알선한 덕에 충무로의 발을 넓힌 우리는 관련 인력과 기술을 간접적으로 확보할 수 있었다.

'조금 더 신경 쓰면 외주 제작자로 자청할 수도 있겠군.'

한국의 영상 제작 기술은 근미래, 아시아권에서는 압도적이리만치 성장하게 될 것이고 지금은 그때쯤 우뚝 설 옥석 같은 인재들이 모래사장에 널린 사금처럼 곳곳에 잠재한 상황이었다.

'지금은 각 방송사의 말단으로 일하고 있겠지. 음, 충무로와 인연이 닿아 있으니 연극 판도 한 번쯤 추슬러 볼 만하겠어.'

지금이야 삼광문화재단이 관리하는 '젊은 인재들의 유쾌한 반란'쯤으로 치부되고 있지만, 나중에는 '이만한 인재를 어떻게 한데 모으셨어요?' 하는 말이 나오게끔 할 생각이었다.

SJ엔터테인먼트는 계획했던 배급사로서 활동도 문제없이 이어 갔다.

우리는 MP3 플레이어 인코딩으로 인해 유흥 구심점으로 거듭나는 중인 바른손레코드 직영점 곳곳에 소형 영화관을 세우기 시작했다.

그러잖아도 돈이 들어온 만큼이나 돈 나갈 일도 많았던 SJ 컴퍼니로선 이 사업을 장기적으로 내다보아야 할 상황에 처음부터 목돈을 쏟아부을 수는 없었고, 따라서 계획 중인 배급사 겸 영화관 프랜차이즈 사업은 조금씩 그 덩치를 키워 갈 생각이었다.

김민혁의 선견지명으로 지가가 오르기 전에 착수했던 이

사업은 내년 즈음에는 완공이 예정되어 있었고, 'SJ시네마'란 이름으로 방준호 감독의 영화를 배급 및 상영, 그 첫 테이프를 끊을 예정이다.

'한동안은 소규모 자본으로 발을 들여야지. 모난 돌이 정 맞기 십상인 바닥이야.'

그렇게 비서인 윤선희를 외근이란 명분으로 퇴근시킨 내용이 이 삼광문화재단과 겸업 중인 D 항목의 2번 서류로, 시간상 급할 까닭도, 아직은 크게 중요하지도 않은 내용이었지만.

'요즘 윤선희랑 이남진 관계도 심상찮고.'

이러다 잘하면 국수 한 그릇 정돈 얻어먹을 수도 있겠다 싶은 게, 미운 정이 쌓이기라도 했는지 두 사람도 서로 싫은 내색을 하지 않았고 김민혁에게 듣기론 둘이 데이트도 몇 번인가 했던 모양.

전생의 이남진은 늘그막에 맞선을 보았다가 몇 년 지나지 않아 이혼을 했던 터.

그러고 보면 이미 주변 상황도 적잖은 개변이 일어나고 있는 와중이었다.

'둘 다 이 시대 기준으론 적령기니.'

예로부터 남녀상열지사는 당사자의 문제라곤 하지만, 둘 사이에 은근히 중매를 섰던 내 입장에선 묘한 기분이었다.

'……이번 생엔 이성진의 입장도 달라지려나.'

전생의 이성진은 주색잡기에 능했고, 또 뒤처리를 깔끔하게 한 덕에 (주로 내가) 일반 대중에게까지 그 편력이 드러나진 않았으나, 어느 정도 '선'이 닿아 있는 상층부 사람들이라면 그 망나니짓을 얼추 알았다.

그랬기에 그는 잘생긴 얼굴과 훤칠한 키, 화수분 같은 재력이 받쳐 주는 상황에 플레이보이로서 거리낌 없는 행보를 이어 갔고, 나에게 죽은 그날 밤도 낯선 여성과 잠자리를 무탈하게 치렀던 터였다.

'만일 이성진이 다른 재벌가 도련님처럼 정략결혼이라도 했다면 암살을 사주한 후보군에 1순위로 넣었겠지만.'

그 덕에 후보군이 줄어들었으나, 나로선 득인지 실인지 알 수 없는 이야기였다.

'하긴 21세기 대한민국에서 권총까지 사용해 가며 암살을 사주한다니, 영화도 아니고.'

그 뒷감당을 어떻게 할지, 또는 그런 이슈를 이용한 세력이 배후에 있었겠지만.

애석하게도 나는 그 후폭풍을 보지 못한 채 이 몸으로, 그것도 94년이라는 과거로 회귀했다.

'그나저나, 나를 총으로 겨누었던 그 여자는 누구였을까.'

생각해 보면 이성진의 침대를 데울 뿐인 평범한 여성이 그 창황 중에 정확히 리볼버를 겨누고 공이를 당겨 나를 쏘아 맞혔다는 것도, 좀처럼 있을 수 없는 일이었다.

'즉, 이미 총기를 다룰 줄 아는 거지. 하지만 내가 아는 한 이성진에게 여성 경호원은 없었어. 그렇다면, 처음부터 설계되어 있었단 건가? 그렇다면 왜 그런 번거로운 일을 한 거지? 도대체 누가?'

이럴 줄 알았다면 얼굴이라도 제대로 봐 두는 건데.

허나, 방은 어두웠고 순식간이었다.

내가 기억하는 건 늘씬한 몸매를 한 나체의 여성이었다는 정도가 고작.

당시 일을 떠올렸더니 왠지 모르게 이마 쪽 흉터가 욱신거리는 느낌이 들어, 나는 고개를 저었다.

'아직은 단서가 잡힐 때가 아니야.'

하지만 나는 그 패거리로 예상되는 후보군을 몇 가지고 있었다.

'조만간, 때는 온다.'

나는 윤선희에게 맡기지 않은 서류 작업을 마무리한 뒤 이를 구석으로 밀어 넣었다.

3. 반찬 가게

다른 재벌가는 전용 요리사를 두기도 하는 모양이나, 그에 비해 우리 삼광 그룹의 이씨 집안은 상대적으로 소박했다.

관련해 이휘철의 취향도 음전했거니와, 둘째가는 권력자인 이태석 또한 '먹는 것' 자체엔 그다지 흥미가 없는 인물이었다.

그나마 사모가 조금 신경을 쓰는 편이긴 했지만, 그녀도 이따금 심심풀이 삼아 특이한 요리를 하는 것이 고작일 뿐 그 자체에 큰 의미를 두는 인물은 아니었다.

　그래서 식탁에 올라오는 요리 대부분은 특별한 경우가 아니라면 대부분 고용인이 차려 내는 것을 이들 주인 어르신들과 공유했다.

　나 역시도 전생에 이 집안에서 유소년기를 보냈다 보니, 응당 다른 재벌가도 그러하리란 생각을 하고 있었는데, 가풍이란 딱히 그렇지만도 않았다.

　다른 한편으론, 이 집안의 주방 소사를 책임지는 안동댁의 손맛도 그만큼이나 괜찮았단 의미이리라.

　그래서일까, 평소엔 곤란을 모르다가 없어지고 나니 그 소중함을 깨닫는다고, 나중에 안동댁이 이 집에서 쫓겨난 뒤 이씨 일가는 따로 전담 주방장을 두게 되었다.

　고용인과 주인댁 사이의 밥상 내용이 달라진 것도 그때부터였을 것이다.

　이후 나는 출가 전까지 몇 번인가 이 집안의 식탁을 공유하게 되지만 안동댁이 주도하던 이 집안의 예전 그 맛은 아니었다.

　그러니 일견 소박해 보이던 이 집안의 식탁 사정은 사실 안동댁의 손맛에 적잖이 기대고 있었던 셈인데.

　거기서 나는 두 마리 토끼를 잡을 생각을 떠올렸다.

마침 해림식품의 정대성이 대형 마트를 시작할 즈음이었고, 이 시대 신선 식품의 유통 구조를 테스트할 겸 나는 안동댁에게 반찬 가게를 제안했다.

「반찬 가게 말씀인가요?」
「네. 안동댁 아주머니의 솜씨라면 해 볼 만한 사업인 거 같아서요.」

안동댁은 마치 농담을 들은 것처럼 웃었다.

「어휴, 사업이라뇨. 제가 무슨. 그런 팔자도 아니구요.」
「에이, 저도 하는걸요. 그렇게 대단한 일도 아니에요.」
「그래도 좀처럼 그런 말 않는 도련님이 그렇게 칭찬해 주시니까 기분은 좋네요.」
「…….」

하지만 내 짧은 침묵에서 이게 빈말이 아닌 제법 진지한 사업 제의라는 걸 알아챘는지, 안동댁은 난처해하며 말을 이었다.

「도련님, 반찬이라는 건 집에서 편하게 만들어 먹는 그런 거잖아요. 그런 걸 돈 내서 사먹을 꺼정 할 일도 없구.」

반찬 무한 리필은 대한민국 식당의 기본 소양이니까.

그렇다곤 해도.

「재래시장에 가면 반찬을 팔고 있지 않나요?」

「그런 것도 아세요? 그렇긴 한데, 그건 손이 큰 거예요. 젓갈이나 김치류지요. 보통 집에서 해 먹기 힘든 거나 팔지…… 혹시 그런 걸 말씀하시는 건가요?」

음, 이 시대에도 아직 반찬 가게의 개념이 정립되진 않았구나.

「아뇨, 저는 말 그대로 밑반찬을 말씀드리는 거예요. 나물 무침이나 장조림처럼요.」

안동댁은 고개를 갸우뚱하더니 소리 없이 웃었다.

「그런 건 금방 만들 수 있죠. 장조림은 주말에 잠깐만 시간을 내면 며칠을 두고 먹구요. 사람들이 그런 걸 돈 내고 사 먹을까요? 정말, 도련님 말씀대로라면 나중엔 물도 돈 내고 사 먹겠어요.」

이 집은 이미 생수를 마시고 있다만.

아니, 이 시대에도 이미 중상류층은 어렵지 않게 생수를 주문해 먹고 있었다.

'그쪽 사업도 검토해 볼 만은 하지만, 유통 구조를 만드는 게 우선이야.'

나는 미소 띤 얼굴로 입을 뗐다.

「아주머니도 보셨잖아요? 햅반.」

내 말에 안동댁은 얼마 전 집에서 시연을 보였던 즉석밥을 떠올렸는지 고개를 주억거렸다.

「그랬죠. 밥을 지어 먹는 게 아니라 슈퍼마켓에서 사 먹는 시대라니, 요상하긴 하지만서두.」

「네. 그러니 앞으론 가정용 밑반찬에 대한 시장 수요도 분명 있을 거라고 봐요. 현대인들은 생각보다 시간이 없고, 또 퇴근 후에 반찬까지 만들어 먹는 건 힘든 일이거든요. 집에 돌아오면 마냥 드러눕고 싶은데 주방 일까지 하려면 시간도 늦을 테고요.」

나는 이게 경험담으로 들리지 않게끔 얼른 덧붙였다.

「회사 사람들한테 그렇다고 들었어요.」

안동댁은 입을 꾹 다물었다가 고개를 저었다.

「도련님이 말씀하시는 게 대강 어떤지는 알 것 같아요. 하지만 제가 만드는 게 남들한테 팔 만큼 대단한 거냐고 물으시면 그것도 참.」

말은 그렇게 했지만, 안동댁의 눈이 조금 흔들리고 있었다.
직접 입을 열지는 않았지만, 남편이 중풍으로 쓰러진 시기상 그녀에게도 슬슬 목돈이 고플 때였다.
아마, 머릿속으로 사업과 계모임 양측을 저울질하고 있지 않을까.
나는 그 저울추에 무게를 얹었다.

「아니에요. 저 요즘 학교에서 급식 하잖아요? 또 이래저래 식당 사업도 하고요. 그러면서 여기저기 다른 곳 음식을 접해 볼 기회가 많았는데. 다 안동댁 아주머니만 한 손맛은 나질 않던걸요.」
「도련님, 요즘 들어 말씀도 참 예쁘게 하시네요.」

하나, 딱히 빈말은 아니었다.
실제로 안동댁은 (그다지 까다롭지는 않다고 해도)대한민국 재계

서열의 손가락에 꼽히는 삼광 본가의 식탁을 책임지고 있을
정도니까.

그걸 마케팅 포인트로 삼는 건 차치하더라도, 나는 이 브
랜드를 추후 홈쇼핑이며 이커머스 단계로 확장하는 것도 충
분히 고려하고 있었다.

안동댁은 잠시 열심히 생각하다가 쓴웃음을 지으며 고개
를 저었다.

「그래도 집안일까지 해 가며 반찬 가게라는 걸 하려면 손
이 부족해요.」
「그 부분은 걱정 마세요.」

그래서 사모에게 이야기를 꺼냈더니.

「그러게. 하긴 쌍둥이도 있고 해서 어차피 사람을 더 들일
예정이었으니까.」

하며, 짐짓 쿨하게 안동댁의 겸업을 인정해 주었다.

「게다가 우리 성진이가 또 뭔가 해 보겠다는데, 엄마가 그
걸 막을 수는 없지 않겠니?」

더군다나.

「또 성진이 네가 중학생이 되면 독립하겠단 이야기도 나왔
고. 그러니 뭐, 이왕 안동댁이 밑반찬 만드는 김에 조금 더
손을 쓰는 것도 괜찮지.」

'만드는 김에' 만들 만한 분량이 아닌데, 사모에겐 손대중
이라는 개념이 없는 모양일까 싶었더니.

「하지만 '가게'를 차린다고 하면 우리 집에 쓰는 재료를 같
이 쓸 수는 없지. 우리 성진이가 하는 일이니까 그것도 당연
히 생각했겠지만.」

이 집안 밥상머리 교육의 성과일까. 사모 또한 사업에 이
렇다 할 흥미를 없어하면서도, 듣고 본 바가 있는 건지, 아니
면 사업상 외가의 피가 어디 가지는 않았는지, 관련한 철칙
을 세우고 사사로운 요소를 맺고 끊는 일엔 철저했다.
하긴, 이 집 식탁에 올라오는 최상급 제철 재료—심지어
간장이며 된장만 하더라도 이휘철의 인맥을 건너 건너 가져
오는 종갓집 물건이었다—를 활용해 반찬 가게를 차린다면
그야말로 수지가 맞질 않는 장사일 터였다.
'신화호텔도 이 정도 재료는 구하기 쉽지 않을 거야.'

그러잖아도 '요리에 재료가 차지하는 비중은 7할가량'이라는 건 매일 새벽시장을 다녀오는 시저스의 오성환이 내 귀에 못이 박이도록 이야기해 오던 바.

나는 고개를 끄덕였다.

「걱정 마세요. 이것도 사업인 이상 관련해선 철저하게 기준을 세울 테니까요. 재료와 관련해선 별도의 유통 구조를 생각해 둔 바가 있어요.」

「어머, 정말. 하긴 네가 사업하는 건 그런 식이긴 하니까. 그래, 사람도 더 쓸 거고?」

「네. 넓지는 않지만, 일단 가게 자리도 알아봐야 하고요.」

사모는 응, 응, 하고 미소를 지으며 고개를 끄덕였다.

「혹시 이번에도 엄마 명의가 필요하니?」

이휘철이 경영고문으로 재직 중인 현시점에서도 SJ컴퍼니의 직함상 대표이사는 다름 아닌 눈앞의 사모였다.

「아뇨, 그러실 필요까진 없고요. 이번엔 당고모님과 함께 차린 S&S에서 해 볼까 하는데요.」

「으음.」

평소라면 이쯤 해서 흔쾌히 고개를 끄덕였을 사모였거늘, 어째 이번엔 생각이 길었다.

사모가 입을 뗀 건 그로부터 5초가량이 지났을 때였다.

「이번엔 엄마도 뭔가 해 봤으면 싶은데.」

「예?」

이번에는 '나도 사업을 해 보겠다'니.

사모의 그 말이 의외여서, 나는 반문하고 말았는데.

「얘는.」

사모가 나를 보며 눈을 흘겼다.

「네 외삼촌이랑 명화도 너랑 뭔가 하는데, 엄마는 안 되니?」

음, 아무래도 외가 측과 사업상 이래저래 엮일 일이 많았던 해여서, 사모도 이를 새삼 신경 쓰고 있던 모양이었다.

「아뇨, 그게 아니라……. 이번 사업은 어머니의 경력과 무관한 일이고…….」

사모는 내 대답에 조금 서운한 기색을 내비쳤다가 어깨를 으쓱였다.

「엄마도 많은 건 바라지 않아. 그냥……. 절반 정도만?」

　남의 사업에 숟가락만 얹을 셈이면서 지분을 절반이나 떼어 가겠다고? 이 사람, 진심인가?
　이휘철도 그런 폭리는 취하지 않을 거다.

「많은 거니?」
「네.」
「역시 그랬구나.」

　확신범이었군.

「그러면 30퍼센트?」

　그것도 엄청 많은 건뎁쇼.

「……10퍼센트?」

　그 또한 마음만 먹으면 회사의 의사 과정을 동결시킬 수 있을 지분 비율이다.

「에이, 좋아. 그러면 5퍼센트! 이거면 됐지? 엄마도 이 이상은 양보 안 할래.」

그조차도 주주총회에서 떵떵거리며 큰소리를 칠 만큼 어마어마한 비율이나, 명의상 대표이사인 사모에게 할당할 지분으론 나쁘지 않았다.
'사모에게 그런 걸 납득시키긴 어렵겠지.'
나는 그쯤 해서 타협하기로 했다.
어차피 부잣집 사모님이 취미 삼아 하겠단 일이니, 사업에 깊이 관여하진 않겠지.

「예, 뭐. 사업주인 안동댁 아주머니랑 이야기를 해 봐야겠지만 그 정도라면.」

하나, 사모는 내가 생각하는 이상으로 호락호락하지 않은 사람이었다.

「정말이지?」
「……예? 네.」

그 순간, 사모의 얼굴에 어려 있던 천진한 표정이 싹 가셨다.

「그러면 엄마가 가지고 있는 지분만큼 경영권을 행사할 수 있겠네?」

「……..」

생각해 보면 바이올리니스트로서 이름을 떨친바 있던 사모가 마냥 유한마담일 리 없는데.

'이놈의 집구석은 진짜.'

이미 이야기가 나온 시점에 이를 뒤로 물릴 수도 없는 처지여서, 나는 별수 없이 사모의 말을 받았다.

「무언가 생각해 두신 바라도 있으신가요?」

「응.」

사모는 시원시원하게 대답했다.

「성진이 네 말을 듣자마자 해 볼 만한 일이라고 생각한 게 있거든.」

사모가 말을 이었다.

「그러고 보니 성진이 너, 방송 외주 일도 한댔지? 그거, 어디까지 가능하니?」

「외주 방송요?」

아직 이렇다 할 단계는 아닌데……

내가 망설이는 기색이자 사모는 묘한 미소를 지으며 나를 보았다.

「혹시 선아랑은 아직도 연락 주고받아?」

사모가 말한 '선아'라고 하면, 작년까지 CBS 방송국 차장이었던 채한열의 외동딸이자 천화국민학교의 학생회장인 채선아를 말하는 것이리라.

「아, 예. 뭐.」

간단한 이메일 정도지만, 나는 그녀가 국민학교를 졸업한 뒤로도 교류가 끊어지지 않게끔 간간이 답장을 보내고 있었다.

내 대답에 사모가 놀리듯 웃었다.

「어머, 성진이는 연상이 좋은 거야?」

「…….」

제가 국민학생에 불과한 이 시점에선 아무래도 연상 취향
이 아니면 말이 안 될 거라고 생각합니다만.
그렇다고는 하나 이 또한 상대적 기준이 아니라 절대 기준
에 맞춰야겠지만, 그게 이번 일과 무슨 상관인지 모르겠다.

「어머니께서 무슨 말씀을 하고 싶으신 건지 모르겠는데
요.」
「별거 아니야. 모처럼 인맥인걸. 인맥은 이럴 때 쓰는 거
지.」

흠.
그런 쪽의 인맥이 필요했던 거라면, 굳이 채한열 부녀를
들먹일 필요가 없는데.
'거기다가 채한열은 아직까진 미국에 있고.'
사모는 모르고 있을 것이지만, 애당초 올해 있었던 삼풍백
화점과 관련된 굵직한 특종을 누군가 CBS에 찔러 넣고, 또
그걸 심수진 아나운서가 보도했던 건 우연도 뭣도 아니었다.
하지만 굳이 거기까지 발설할 필요는 없는 노릇이므로, 나
는 시치미를 떼고 사모를 보았다.

「외주 방송을 통해 무언가 해 보시겠단 건 알겠지만, 반찬 가게와 무슨 관계인지는 잘 모르겠습니다.」

「그래서, 방송 일은 가능해?」

채선아나 채한열의 인맥을 통한 건 아니지만, 그쪽에도 이것저것 내게 빚진 게 있으니 대놓고 싫은 소린 하지 못할 것이다.

「내용이나 분량, 구성에 따라서 달라지겠지만…… 예. 어느 정도는요.」

「잘됐네. 그럼 됐어.」

어디까지나 가능성 측면만을 언급했을 뿐이지만, 사모는 응당 일이 성사될 것이라는 걸 전제로 깔아 두는 모양새였다.

내가 작정하면 그 생각이 아주 틀린 건 아니지만.

「그런데 뭘 하시려고요?」

내 물음에 사모는 약간 뜸을 들이더니 미소를 지었다.

「약간의 마케팅.」

「예? 마케팅이라뇨?」

기업 광고를 넣을 생각이라면 굳이 외주 제작이 필요하진 않을 텐데.

그쯤 해서 나는 '혹시?' 하는 생각이 들었으나.

「자세한 건 비밀로 해 둘게.」

지분을 5%나 떼어 가면서 사업상 논의를 비밀로 하시겠다니, 배임 행위로 탄핵해 버리고 싶은 충동을 나는 꾹 눌러 참았다.

그닥 내키지 않는 이야기였지만 그건 '공식적'인 일이 되고부터 반대해도 늦지 않다.

오히려 모처럼 사모에게 무언가 하려는 의욕이 생겼으니, 가만 내버려 두자는 생각마저 들었다.

'애당초 반찬가게로 떼돈을 벌 생각은 없었고, 이건 어디까지나 이 집안의 평화를 위한 조치일 뿐이니까.'

그래서 나는 사모의 말을 들으며 일단 모른 척 연기하기로 했다.

「알겠습니다.」
「응. 좋아. 아, 그리고.」

사모가 말을 이었다.

「부하 중에 입이 무겁고 머리 회전 빠릿빠릿한, 그런 사람 어디 없니?」

부하라니, 뭔 조폭도 아니고.
그런데 조폭이라고 하니, 사모가 말한 조건에 걸맞은 인물이 한 명, 문득 떠올랐다.
'마동철이 적합하긴 한데.'
그래도 혹여 사모가 누군가를 야산에 묻을 작정은 아닌지, 슬쩍 떠보았다.

「방송 일에도 능통한 사람으로요?」
「어휴, 우리 왕자님, 어쩜 이렇게 예쁠까. 응, 그렇다면 적임이지.」

그렇담 다행이고.

「이야기는 해 보겠습니다.」
「응, 좋아.」

사모는 가볍게 고개를 끄덕였다.

「그럼 안동댁 좀 불러 주겠니?」

그렇게 마동철은 본래 업무였던 윤아름 전담 매니저에서 이래저래 다방면으로 구르게 되었다.

4. 승진

여러모로 탈이 많긴 했으나 결국 시저스의 컨셉에 맞춘 인테리어는 모두 마동철의 주도하에 진행된 바였고.

제니퍼는 여전히 마동철을 위장 신분이었던 인테리어 업자로 철석같이 믿고 있을 지경이었는데, 어쩌다 보니 해명할 기회도 놓친 상황에서 일이 여기까지 흘러오고 말았다.

'그런 마동철의 업에 박차를 가한 건 다름 아닌 나였지만.'

그러다 보니 사정상 본점에 이어 타 직영점에도 마동철이 움직일 필요가 있었는데, 그는 생각 이상으로 인테리어 업무에 감이 뛰어났고 자질도 있었다.

외모에 선입견을 가져선 안 될 일이지만, 마동철은 애당초 은근히 까다로운 성격인 윤아름의 매니저 역할을 무리 없이 잘 해냈고, 그런 만큼 섬세한 구석도 있어서 일 처리가 꼼꼼했다.

결국 일이 커진 김에 나는 마동철의 명함을 새로 한 장 파주었다.

「동철인테리어 대표, 마동철⋯⋯. 설마하니 이런 식으로 제 이름을 내건 회사의 대표가 될 줄은 상상도 못 했습니다만.」

마동철은 떨떠름한 얼굴로 중얼거리며 탁자 위의 명함을 챙겼다.

「뭐, 유령회사도 아니고 실제로 업무를 진행할 거니까 상관없지 않아요?」
「그런 식으로 생각하신다면 제가 사장님께 드릴 말씀은 없습니다만…… 내년부턴 윤아름 씨의 영화촬영도 끝날 테고, 여러모로 일손이 바빠질 듯합니다.」

그는 곤혹스럽단 듯이 말했고.
나는 그에게 미소로 답했다.

「걱정 마세요. SJ엔터테인먼트 쪽은 내년에 인력 확충을 할 테니까요. 관련해선 마동철 실장님과 논의를 해 봐야겠지만요. 아, 그리고 이제 윤아름의 전담 매니저 역할 대신에.」

그러면서 나는 명함 한 장을 더 건넸다.

「SJ엔터테인먼트 전무이사와 겸업하는 정도면 시간상 어느 정도 여유가 생기지 않겠어요?」

마동철은 내가 건넨 명함을 물끄러미 쳐다보다가 고개를
들었다.

「이것도 위장 신분입니까?」
「아뇨.」

이어서 나는 마동철에게 두툼한 서류를 내밀었다.

「저는 마동철 실장님께서 SJ엔터테인먼트의 임원이 되어
주셨으면 합니다.」

그간 마동철을 지켜본 결과, 나는 그가 믿을 만한 내 편임
을 확신했다.
그 스스로 자신에 대해 이러쿵저러쿵 털어놓은 적은 없었
다지만, 오히려 그 점이 마음에 들 지경으로.
더군다나 단적인 예를 들어 윤아름을 전담하면서부턴 '굳
이 그럴 필요까진 없음에도' 담배를 끊었을 정도니, 이는 그
가 자기관리에도 철저하단 방증이기도 했다.

「……」

선글라스 너머 마동철의 표정은 읽기 힘들었지만, 나는 그

손끝이 희미하게 떨리는 것을 보았다.

　마동철이 입을 열었다.

「갑작스러운 제안이군요. 제가 임원이라니 가당치도 않습니다. 저는 어디까지나…….」

「그렇다면 한 가지 여쭤보죠.」

　나는 사장실 소파에 등을 기댔다.

「이 회사에서 엔터테인먼트 업무와 관련해 마동철 실장님만큼 사정을 잘 꿰고 있는 분이 달리 있습니까?」

　마동철은 주저하다가 입을 뗐다.

「천희수 씨가…….」

「천희수 씨에겐 다른 걸 기대하고 있습니다.」

「…….」

「우리 회사는 더욱 커질 겁니다. 그러니 앞으론 무척 바빠질 거예요. 그러잖아도 저 혼자서 이 많은 업무를 감당하기 힘든 마당인데, 이후로도 SJ컴퍼니 휘하의 여러 회사의 임원을 겸임해야 하는 제 사정도 헤아려 주셨으면 합니다.」

이어서, 나는 농담처럼 덧붙였다.

「그렇다곤 해도 SJ컴퍼니의 대표이사 겸 사장 직함은 여전히 제가 유지할 겁니다. 아직도 제가 상사라는 자체는 변함이 없죠. 책임은 제가 질 거고, 방향도 제가 정합니다. 어때요?」

마동철은 몇 초가량 침묵한 채 서류를 바라보다가 다시 고개를 들었다.

「서류를 살펴봐도 되겠습니까?」
「그럼요.」

마동철은 묵묵히 서류를 읽은 뒤, 탁자 위에 서류를 내려놓았다.

「SJ엔터테인먼트의 주식공개를 고려하고 계시는군요.」

서류에 기재된 주 내용은 계약 체결에 따른 연봉 지급 방식의 변화였다.
마동철이 서류에 서명하고 난 뒤론, 그는 예전처럼 월급을 받아 가는 것이 아닌 회사의 지분을 일부 양도받게 된다.
'어느 쪽이 더 큰 이득인지는 말할 것도 없고.'

나는 고개를 끄덕였다.

「추후 SJ컴퍼니는 지주회사로 전환, 자회사에 대한 권한을 행사할 예정입니다. 그러자면 몇몇 업체를 상장할 필요도 어느 정도 생기죠. SJ엔터테인먼트는 그중 하나가 될 겁니다.」

SJ컴퍼니는 올해 여러 사업을 성공시키며 작년에 비해 비교할 수도 없으리만치 덩치가 커졌다.

그런 마당에 이대로 쭉 비상장 노선을 추구하는 것은 비효율적이었고, 이제는 슬슬 내 사람을 모을 때였다.

몇몇 분야에 한해선 각각의 믿을 만한 인재를 임원으로 두고 맡긴 뒤, 비상장 회사인 SJ컴퍼니가 모회사이자 홀딩스로 이들을 묶어 나간다면 충분히 감내할 만한 성장원이 될 수 있다.

'뭐, 이미 내가 대표로 있는 S&S 같은 회사 역시 유한회사로서 지분을 나눠 갖는 마당이니.'

나는 마동철에게 만년필을 건넸다.

「그럼 수락하신 것으로 알고 진행해도 되겠습니까? 마동철 전무님.」

마동철은 내가 내민 만년필을 받아 든 뒤, 서류에 서명을 마쳤다.

「그러면 내년부터는 마동철 전무님이 되시겠군요. 그럼 앞
으로도 잘 부탁드리겠습니다.」
「아뇨, 저야말로.」

이로서 내 휘하엔 김민혁과 이휘철에 이어 세 번째 임원이
생겨났다.
'아니, 네 번째라고 해야 하나? 잘 모르겠네.'
나는 만년필 뚜껑을 닫으며 입을 뗐다.

「마동철 전무님.」
「말씀하십시오.」
「SJ엔터테인먼트의 전무이사로 승진하신 김에 소개드리고
픈 사람이 있는데요.」
「예. 문제없습니다만, 그 분이 누구십니까?」
「SJ컴퍼니의 대표이사님입니다.」

내 대답에 마동철이 멈칫했다.

「SJ컴퍼니의…… 대표이사님 말씀입니까?」
「네.」

마동철은 잠시 혼란스러워했다가, SJ컴퍼니의 사장과 대표이사가 분리되어 있음을 새삼 깨달았는지 얼떨떨해하는 얼굴이 됐다.

　　'경영고문으로 그 이휘철이 앉아 있는 마당에 그보다 상위 직급의 인물이라니, 도대체 누군지 궁금하겠지.'

　　해서, 나는 미소 띤 얼굴로 말을 이었다.

「저희 어머니예요.」
「…….」

　　아마, 마동철은 뭐 이런 가족 같은 회사가 다 있나 싶었으리라.

　　서류 작업을 모두 마치고 고개를 들어 보니, 겨우내 짧은 해가 창밖으로 뉘엿뉘엿 저물어 가고 있었다.

　　'이렇게 95년도 끝나 가는군.'

　　아직 모든 일이 끝난 것도 아니었고, 현재진행형인 사업도 부지기수였으나 이성진의 몸에 들어와 창황했던 94년에 비하면 제법 체계적으로 보냈던 한 해였다.

　　'이 몸에 들어온 것도 이젠 제법 익숙해졌어.'

나는 코트를 걸친 뒤, 서류가 가득 담긴 상자를 들고 사장실을 빠져나와 윤선희의 책상에 턱 하고 얹었다.

　이 중에서 몇 가지는 재고할 필요가 있는 것이고, 몇몇은 승인을 마친 서류였으며, 대부분은 다음 업무에도 중복되어 사용될 물건이었다.

　비서인 윤선희는 주말을 보내곤 이 서류를 재검토한 뒤, 내년 사업 계획에 맞춰 새로운 서류를 작성해야 할 것이니.

　'그녀에겐 이 서류가 시지프스가 받는 형벌처럼 느껴지겠군.'

　하지만 신화 속에서처럼 바윗돌이 아래로 굴러 떨어질 일은 없을 터이다.

　'다만 바윗돌을 계속해서 밀어붙여야 한단 점은 같지.'

　슬슬 삼광과 분리된 사내 인트라넷을 구비할 때가 온 것 같다는 생각을 하며 나는 전용 엘리베이터 버튼을 눌렀다.

　엘리베이터를 기다리는 사이, 핸드폰이 울렸다.

　아직 발신자 번호가 뜨지 않는 시대이긴 하나, 그 유명한 김미영 팀장도 없는 시대이므로 나는 거리낌 없이 전화를 받았다.

　"예, 여보세요."

　—스크루지 영감님. 일은 다 마쳤어?

　윤아름이었다.

　나는 전화를 받으며 엘리베이터에 올라 등을 기댔다.

"이제 막 마쳤지."

–정말? 그러면 여기로 바로 올 수 있겠네.

윤아름이 말한 '여기'라는 건 '요한의 집'을 의미하는 것인데, 이번에 SJ컴퍼니가 후원하기로 한 아동복지시설이기도 했다.

자사의 프로그래머 조인영의 출신이기도 한 '요한의 집'은 대성성당에서 운영하는 고아원으로, 조인영은 우리 회사에 들어온 뒤 통장에 따박따박 돈이 박히기 시작하자 그 일부를 들고서 출신인 고아원엘 들락거렸던 모양이었다.

그 일이 공식적으로 알려진 건 얼마 되지 않았다.

내가 평소처럼 직원들의 야근과 잔업을 독려(강요는 하지 않았다)하고자 회사를 방문했을 때, 나는 은근 워커홀릭 기질이 있는 조인영의 부재를 눈치채곤 근처 개발자에게 그의 행방을 물었다.

"글쎄요, 뭐 이맘때면 어디론가 다녀가긴 하던데. 금방 올 겁니다."

말마따나, 조인영은 머지않아 돌아왔다. 딱히 외근 일정도 없었을 터여서 혼자 밥이라도 먹고 온 건지 물었더니.

"아뇨, 고아원에 다녀왔습니다."

조인영은 담담하게 대꾸하며 자리에 앉았다.

"고아원?"

"뭐어. 의리상."

그는 평소처럼 쑥스러움을 무마하려 할 때 버릇을 꺼내, 일부러 딱딱한 말씨로 대답했다.

"일 쪽은 신경 쓰지 않아도 됩니다. '사장님'께서 맡기신 일은 거의 다 처리했으니까요."

그는 중학교를 졸업하자마자 고아원에서 독립해 중국집에서 배달 일을 하며 우연히 인연이 닿은 컴퓨터 조립 일을 겸했다.

그러다가 작년에 있었던 정진건 형사의 '최신 컴퓨터'로 인연이 닿아 내게로 온 것인데 조인영이 고아원 출신이라는 건 그로서도 굳이 입 밖에 내지 않는 공공연한 이야기였으나, '제대로 된' 이야기가 흘러나온 건 그때가 처음이었다.

마침 나로서는 내심 조인영을 차기 SJ소프트웨어 책임자로 내정하고 있었던 차여서, 조인영을 따로 사장실로 불러 이야기를 나누었다.

조인영과 나의 관계라고 하는 건 어디까지나 은근한 협박에 근거했던 위계질서였기에 그가 가진 능력과 별개로, 내게는 조인영을 붙잡아 둘 내적 요인이 부족했던 터.

조인영의 행동 동기에 출신 고아원이 묶여 있는 것이라면, 나로서도 그에게 심적인 빚을 지우는 방안이 있으리란 판단이었다.

"그러면 형은 작년부터 후원을 이어 오고 있단 건가요?"

업무 외적으로 독대하게 되니, 조인영은 평소처럼 거리감 없이 대꾸했다.

"후원이라고 말하면 거창하고. 그냥 애들 간식거리나 사 준 게 고작이야."

그러면서 조인영은 어깨를 으쓱였다.

"의리라니까, 그냥."

"그래도 멋지네요."

"뭐래."

조인영이 고개를 돌렸다.

"나도 내 출신이라 신경 쓴 거지, 다른 건 내 알 바 아니고. 그러니까 말했잖아? 의리라고."

말은 그렇게 하지만 은근슬쩍 시선을 피하는 모양새가 제법 귀여웠다.

'뭐, 받아 가는 월급 액수도 나쁘진 않은 데다가 떳떳한 일을 하고 있으니, 금의환향 기분으로 생색낼 법도 하지.'

나는 그런 그에게 빙긋 웃어 보였다.

"그래도 제게 말씀하셨다면 회사 차원에서 지원을 해 줄 수 있었을 텐데요."

내 말을 들은 조인영은 눈을 매섭게 떴다.

"동정은 필요 없어."

"……."

웬 같잖은 자존심을 내세우나.

내가 무어라 반박하기 직전, 조인영이 피식 웃었다.

"라고 말하면 폼은 나겠지만, 폼이 밥 먹여 주는 건 아니지."

글쎄올시다. 폼이라기보단 그냥 똥고집 같은데.

"어쨌거나 고아원 운영은 정부 예산이나 후원금에 기대는 처지고. 그러잖아도 요즘 정부 예산이 줄어서 힘든 거 같아."

뭐, 정부 예산이 부족해지면 꽂고 보는 곳이 대기업이고 줄이고 보는 것이 복지 비용이니까.

'흠, 이는 슬슬 무리하게 벌인 정부 주도의 국책사업이 허실을 드러내기 시작한단 전조로 볼 수도 있겠어.'

그래도 나름 사회생활을 했다는 걸까, 조인영은 그 이해하기 힘든 자존심을 내려놓으며 내게 순순히 고개를 숙였다.

"말이 나온 김이지만, 혹시 도와줄 수 있어?"

아마 그 속에서도 내게 할지 말지 제법 오랫동안 심사숙고했던 말처럼 들렸기에.

"그럼요."

나는 흔쾌히 대답해 주었다.

"……음."

조인영은 조심스레 입을 뗐다.

"만일 회사가 움직이면 얼마나 도와줄 수 있는데?"

"의식주, 세 가지 요소에 관한 지원은 물론이거니와 교육, 의료 지원, 필요하다면 심리 상담, 보육에 필요한 전문 인력 알선, 퇴원 후 일자리를 알아봐 주는 것까지 두루 가능하죠."

"……체계적인걸."

"모회사가 삼광이니까요. 게다가 저는 한번 하고자 하면 제대로 하잖아요?"

조인영이 픽 하고 웃었다.

"그건 그러네. 하지만."

조인영이 슬며시 미소를 거두며 진지한 얼굴을 했다.

"한 가지, 논외로 물어봐도 될까?"

"그러세요."

조인영은 잠시 망설이더니 조심스럽게 입을 뗐다.

"그 후원이 회사 차원에선 무슨 이득이 있어?"

이어서, 조인영은 그 스스로 자신이 뱉은 말이 시비조로 들리진 않았는지 신경 쓰면서 얼른 허둥지둥 덧붙였다.

"아니, 그야 내 입장에선 그런 지원이 고……마운 일이긴 하지만, 왠지 모르게. 그냥 경영자로서 네 입장을 듣고 싶어서. 그래서 논외로 묻고 싶다고 한 거야."

하지만, 제법 예리한 지적이었다.

'그 질문 속에는 조인영이 평가하는 나란 인물상이 암시되어 있는 거겠지.'

아마, 조인영은 본능적으로 이번 내 행동이 마냥 선량한 마음에서 비롯한 것은 아니라는 걸 알았으리라.

'그걸 자각하고서 던진 질문 같지는 않았지만.'

나는 어깨를 으쓱였다.

"이럴 땐 기업의 사회적 책무, 운운하는 게 교과서적인 대답이겠죠."

"응, 너답진 않지만. 아니, 한편으론 너답네."

"무슨 의미예요?"

"별거 아니야. 그래서?"

"……흠. 뭐, 법인 차원에선 기부 액수와 비례해서 정부가 연말정산에 세제 혜택이란 선물을 안겨다 주기도 하고, 다른 의미론 해당 기업이 가진 사회적 이미지 증진에 도움을 주기도 하죠."

조인영이 고개를 끄덕였다.

"응, 관련해선 네가 영화 투자할 때 들어 본 거 같네. 하지만 고아원 후원은 성격이 조금 다르지 않아? 영화야 이래저래 나중엔 돈이 될 일이라고 치고, 이건 애들 뒤치다꺼리잖아, 사실상."

"형은 어린이가 나라의 미래란 이야기도 못 들어 보셨어요? 저도 이 기회에 애국하는 거죠."

"네가 그런 말을 하니까 왠지 기분 나쁜데. 혹시 정부에서 도청 중이야?"

"뭐, 빈말은 아니에요."

나는 소파에 등을 기댔다.

"삼광 그룹에서 장학재단을 운영 중인 건 아시죠?"

"응? 응. 알아."

"자, 예를 들어 봉효삼광장학재단의 지원을 받아 대학을 졸업한 인재 A가 있다고 해 보죠. 이 사람의 능력은 심히 출중해서, 삼광의 경쟁사인 금일이나 한대, 선우에서도 탐을 내는 인재로 성장했어요. 여기서 퀴즈. 인재 A는 어디로 갈까요?"

조인영이 눈썹을 씰룩였다.

"이상론이지 않아? 투자 대비 효율성도 낮고, 또 그 A라는 녀석이 금일로 가 버릴 수도 있는 건데."

"투자엔 리스크가 있기 마련이죠. 하지만 그런 리스크를 차치하고, 이미 형만 하더라도 '의리상' 고아원에 후원을 이어 오고 있잖아요?"

내 말에 조인영은 쓴웃음을 지었다.

"그런가."

"하지만 이상론인 것도 맞아요. 이것도 어디까지나 골방 철학자들이 억지로 내놓을 법한 이야기에 불과하고요. 전, 사람은 그렇게까지 합리적인 존재가 아니라고 생각해요."

조인영은 곰곰이 생각하다가 고개를 끄덕였다.

"하긴, 재경이 형도 말했지. 인간은 욕망에 충실하고 그건 계산되지 않는다고."

여기서 넥스트를 퇴사한 김재경이 언급될 줄은 몰랐지만 나는 내색하지 않았다.

'아무래도 잠깐 다녀간 김재경이 조인영에게 적잖은 영향을 끼친 모양이군. 그 변화가 나쁘단 건 아닌데…….'

조인영도 내가 그런 취급을 하지 않아서 그렇지, 연령상으론 한창 사춘기인 고등학생. 자아니 뭐니 하는 것에 관심이 많을 시기였다.

'그러니 내게 인생 상담처럼 이런저런 걸 물어 오는 것일 테고.'

그러고 보니 이젠 아무도 나를 애 취급해 주지 않는다는 자각이 묘하게 다가왔다.

"그러는 너는 어떤데?"

"예?"

"방금까지 들은 일반론 말고, 네 입장에서 고아원에 후원하는 건, 다른 이유가 있어서 아니야?"

나는 미소를 지었다.

"저도 형이랑 마찬가지예요."

"마찬가지라니."

"저로선 후원 예정인 '요한의 집'은 형이 다녔던 고아원이란 점에 의의를 두고 있거든요."

조인영은 내 미소를 어색하게 받았다.

"무슨 의미야?"

"무슨 의미긴요. 이로서 형이 제게 고마워하게 됐잖아요? 저로선 생색을 낼 수 있는 기회인 셈이니 마다할 필요가 없죠."

나는 의도를 감추지 않았고, 조인영에겐 예상대로 그 솔직함이 제대로 먹혀들었다.

"됐어. 징그럽다, 인마."

말과는 달리, 그는 내게 고마워하고 있었다.

나는 그런 조인영을 보며 덧붙였다.

"다만…… 그 대신이라고 말하긴 뭣하지만, 저로선 생색을 좀 더 냈으면 하는데요."

"생색? 어떻게?"

그렇다.

나는 잔뜩 생색을 낼 작정이었다.

'익명의 기부자, 키다리 아저씨. 뭐, 이래저래 로망이 있긴 하지만 그 소설조차 나중엔 키다리 아저씨의 선행이 보답받잖아?'

예를 들어, 삼광은 예로부터 적잖은 후원, 기부를 이어 가고 있음에도 불구하고 대중의 시선은 영 곱지 않았다.

'그건 떠들지 않아서야.'

오른손이 한 일을 왼손이 모르게 하라.

말이야 좋지만, 좋은 건 떠들어야 좋은 일인 걸 알릴 수 있는 법이다.

실제로 삼광의 경우 다른 재벌가에 비해선 상대적으로 나쁘지 않은, 아니 타 대기업과 비교해서도 기부금만큼은 재단을 설립해 전문적으로 운용하면서 수익금 일부를 사회에 환원하고 있었다.

하지만 이휘철이나 이태석은 그런 공공연한 일을 밝히는 걸 내켜 하지 않는 성미였다.

그래서일까, 이룩한 업적에 비해 삼광의 기부 금액이며 업적은 세간에 잘 알려지지 않았고 내가 살던 시대에도 삼광은 그룹 차원으로 악의 제국 취급받기 일쑤였다.

기부금의 총액이 선량함의 기준이며 척도가 되지는 않겠지만 약자라고 해서 선할 수는 없는 것처럼, 부자라고 마냥 악의 축 취급 받는 것도 장기적으론 기업 이미지에 좋지 않다.

'그러니 삼광은 몇몇 재벌들이 별것 아닌 기부로 생색내는 것만큼의 효율이 나오지 않는 거지.'

나는 그럴 생각이 추호도 없었다.

이른바 '선한 영향력'이라는 건 전염성이 크며, 그 자체로도 훌륭한 마케팅이 될 수 있다는 건 내가 살던 시대에 여러 사례를 통해 증명되었던 바.

"뭐, 됐어."

조인영이 고개를 저었다.

"의도야 어쨌건 성진이 네가 하겠다고 하니, 아무래도 나보단 잘해 주겠지. 부탁할게."

"맡겨 두세요."
나는 호언장담한 대로 고아원 후원에 착수했다.

다음 권으로 이어집니다

공작가 장남은 군대로 가출한다

로튼애플 퓨전 판타지 장편소설

멸망이 예견된 대륙에서 벌어지는 신들의 한판 게임!
차원을 뛰어넘어 신들조차 때려잡을 게임 브레이커가 나타났다!

『공작가 장남은 군대로 가출한다』

끝없이 몰려오는 몬스터의 파도를 맞아
최후의 최후까지 버티던 이정후, 아니 제이든 레온하르트
10여 년 전, '신의 게임'이라는 이름하에 이계로 떨어진 후
생존을 위해 발악하였으나
제국 최강의 가문까지 말아먹고 드디어 죽음을 목전에 둔 순간!

축하합니다. '이정후' 님께서는
갓 게임 베타테스터 중 최후까지 살아남으셨습니다.

……이 모든 일이 베타테스트였다고?

최후의 생존자 특전으로
본게임에서 남들보다 10년 먼저 시작하게 된 제이든
전 대륙을 덮치는 몬스터 웨이브에서
오직 '살아남기 위해' 그가 선택한 길은 바로
대몬스터전 최전방 북부군에 자원입대하는 것!

온 대륙에 멸망의 징조가 나타날 때
군대로 가출했던 그가 돌아온다!
강철의 검과 대륙 최강의 신수神獸로 세상을 구원하라!

무뢰세가 전생랭커

산보 신무협 장편소설

카카오 페이지를 뒤흔든 화제작!
무협과 네크로맨서의 미친 콜라보!

자타 공인 최강의 사령술사, 불사왕 강태하
길드에 배신당하다!

원치 않은 죽음, 원치 않은 무림행
정체불명의 기억과 혈교에 잡아먹힌 가문
무공 하나 모르는 망나니의 몸까지

"나 아직 안 죽었다!"

부족한 무공은 사령술로 때우고
무인 스켈레톤에서 뽑아낸 무공을 익히며
무림 최강자로 돌아올(?) 강태, 아니 유신운!

언데드의 파도엔 브레이크가 없다!
무공 쓰는 네크로맨서의 화끈한 무림 구원기!